이스턴 파라다이스
Eastern paradise

도서 출판 문장

이스턴 파라다이스
Eastern paradise

1판 1쇄 인쇄 2026년 3월 27일
1판 1쇄 발행 2026년 4월 5일

발행처 도서출판 문장
발행인 이은숙

등록번호 제2015-000023호
등록일 1977년 10월 24일

서울시 강북구 덕릉로 14(수유동)
전화 02-929-9495
팩스 02-929-9496

이스턴 파라다이스
Eastern paradise

2026

용기 있는 자들의 목소리

문장은 사람을 닮습니다. 짧은 글에도 성격이 묻어나고, 긴 문장에는 인생의 그림자가 드리웁니다.

그래서 글을 읽는다는 건, 결국 사람을 읽는 일이 됩니다.

이 문집에는 많은 사람들의 삶이 있습니다. 글을 쓰는 사람, 삶을 견뎌낸 사람, 고통을 건너온 사람, 그리고 그럼에도 불구하고 사랑을 이야기하는 사람. 우리는 모두 서로 다른 삶을 살았지만, 글이라는 공통분모 위에서 조용히 만났습니다.

문학은 위로입니다. 그 어떤 위로보다 오래 남고, 아무 말 없이도 내 등을 토닥여주는 위로입니다. 눈에 보이지 않아도, 가슴 속에는 깊게 새겨지는 법입니다. 이 문집에 실린 글들은 그런 위로의 조각들입니다. 누군가는 간병의 시간을 견디며, 누군가는 버스 안의 단상에서, 누군가는 어린 시절의 기억에서, 또 누군가는 잊을 수 없는 실패와 상처에서, 조용히 삶을 꺼냈습니다. 아무도 관심 가져주지 않았던 이야기들이지만, 그 안에는 세상을 지탱하는 힘이 담겨 있습니다. 그것은 바로 '삶을 계속 살아가겠다는 절대적 의지'입니다.

요즘 우리는 너무 많은 것에 시달립니다. 불경기, 물가 폭등, 건강 걱정, 고립감, 미래의 불안… 그 가운데 서민의 삶은 날로 더 팍팍해지고 있습니다.

하지만 이런 시대일수록 문학이 더 절실해집니다. 밥 한 끼로는 채워지지 않는 배고픔, 잠 한 번으로는 사라지지 않는 피로가 있기 때문입니다. 글을 쓴다는 것은 단지 문장만 만드는 일이 아닙니다. 자신의 내면을 들여다보고, 세상을 바라보고, 결국 타인을 이해하는 길입니다.

이 문집을 만든 이들은 모두 '말하는 용기'를 가진 사람들입니다. 그리고 이 글들을 읽는 당신도, 이미 '들을 준비가 된' 사람이겠지요. 이것이 문학의 시작이랍니다. 누구나 글을 쓸 수 있습니다. 말할 게 없다고요? 그렇지 않습니다. 당신의 분노, 기쁨, 절망, 환희… 그 모든 것이 문학이 되니까요.

　다음 문집은 어쩌면 당신의 글로 더 따뜻해질 수 있습니다. 고요한 밤, 짧은 한 줄이라도 좋습니다.

　글을 쓰는 그 순간, 우리는 더 이상 외롭지 않습니다. 이 문집을 덮을 때쯤, 당신 마음속에도 '나도 한번 써볼까?' 하는 조그만 불씨 하나가 피어나길 바랍니다. 그 불씨가 꺼지지 않도록, 우리 문장아고라 동인들은 계속 불을 지필 것입니다. 작은 글에서 시작된 용기들이 모여 언젠가 더 큰 빛을 발하기 바랍니다. 함께 써 내려간 이 순간들이 당신에게 위로가 되고, 다음 글을 쓸 힘이 되길 바랍니다. 그게 바로, 문학이 가진 힘 아니겠습니까?.

2026년 초봄 북한산 기슭에서

기획위원 일동

김용한 김현희 신은서 우
신은서 우승희 윤용한 김
윤용한 김용한 김현희 신
김현희 신은서 우승희 윤
우승희 윤용한 김용한 김
김용한 김현희 신은서 우
신은서 우승희 윤용한 김
윤용한 김용한 김현희 신
김현희 신은서 우승희 윤
우승희 윤용한 김용한 김
김용한 김현희 신은서 우
신은서 우승희 윤용한 김
윤용한 김용한 김현희 신

1부

김용한

김현희

신은서

우승희

윤용한

삶의 위기에서 다시 깨달은 사랑의 힘

김용한

2005년 11월 29일, 생사의 고비가 걸린 간암 수술을 받았다. 간암 판정을 받았을 때 그동안 술, 담배도 하지 않았고, 질병으로 입원한 적이 한 번도 없었던 나로서는 믿기지 않는 일이었다. 가족력으로 아버지와 형제들 모두 B형 간염 보유자였기에 정기적인 건강 검진과 함께 조깅과 탁구 등 꾸준히 운동을 하고 체중 조절도 나름대로 잘해 오고 있었기 때문이다.

돌이켜보니 수술하기 몇 년 전부터 특수학교 교감으로서 감당해야 할 업무 스트레스와 저녁에 대학의 외래 강의 준비 등으로 수면 부족에 따른 피로감을 느꼈던 것 같다. 하지만 몸에 별다른 이상 증세가 없었기에 피곤하면 잠시 쪽잠을 자거나 따끈한 꿀물 등을 마시며 잘 견디어 왔다. 수술 받던 그해 10월에도 감기 기운이 있어 약을 처방받으려고 가벼운 마음으로 안산의 집 근처 내과에 갔는데 평소 알고 지내던 원장님은 가슴과 편도 등을 진찰하시더니 약을 먹을 만큼 심한 증상이 아니라며 집에 가서 따뜻한 보리차를 자주 마시라고 하였다. 일부러 시간을 내어 병원에 갔는데 그냥 나오기가 민망하였다. 그래서 6개월 만에 정기 검진을 다시 받는다는 마음으로 이번에는 간 기능 검사와 함께 종양표지자 수치도 알아보고자 정밀 혈액검사를 신청하였다.

　이틀 후, 중학교 학생들의 수학여행 인솔로 강원도 설악산 쪽에 있을 때 원장님이 전화를 주셨다. 간 기능 수치에 비해 종양표지자를 의미하는 알파태아단백(AFP) 수치가 정상 범위보다 높게 나왔다며 병원에 한번 나오라고 했다. 출장 후 다음날 내과를 방문, 원장님의 소견을 들어 보니 종양표지자 AFP의 정상 수치는 10 이하인데 77이 나왔다는 것은 급성 간염이나 간 부위에 암세포가 자리했을 수도 있으니 큰 병원에서 초음파나 CT 등을 통해 정밀 검사를 받으라며 진료의뢰서를 작성해 주었다. 병원 문을 나서는데 갑자기 불안감이 몰려왔다. 집에 와서 아내와 상의를 하니 밀알학교 앞에 있는 삼성서울병원에서 정밀 검진을 받아보는 것이 좋겠다고 했다. 마침 최근에 학교 치료실을 몇 차례 방문했던 병원 작업치료사 선생님에게 전화로 1차 진료 결과에 대해 걱정하며 이야기하니 소화기내과 관련 교수님 중에 빠른 진료가 가능한 분으로 예약을 해주었다. 2주 후에 의사 선생님을 만나 상담을 하니 다시 자세한 혈액검사와 간 CT를 찍어 보자고 하셨다.

　1주일 뒤, 검사 결과를 확인하러 외래진료 갔을 때 담당교수님은 간 CT 사진을 보여주면서 간의 오른쪽 부분에 악성 종양 의심 증세가 있다며 가능한 한 빨리 입원하여 MRI를 찍어보자고 하셨다. 당시 학교에서는 학예회 준비 등으로 바쁜 시기라 "꼭 입원을 해야 하느냐"고 여쭈어보니 일반 외래접수로 MRI검사를 받으려면 1개월 정도 걸리는데 입원하면 당일 밤늦게라도 바로 검사를 받을 수 있기 때문이라고 했다. 진료실을 나와 대기실 의자에 잠시 앉아 이 위기 상황을 어떻게 해결해 나가야 할지 곰곰이 생각해 보았다. 우선 아내에게 전화로 CT검사 결과를 알리고 입원해야 한다고 하니 학교 업무 등 다른 일은 생각하지 말고 그렇게 진행하라고 응원해주었다.

그런데 원무과에 가서 입원 가능한 날짜를 알아보니 2인실의 경우, 약 3주 정도 지나야 병실이 나온다고 말해 더욱 불안한 마음에 조바심이 났다. 그 다음날 다시 원무과에 가서 MRI검사를 위해 입원해야 하므로 최대한 빨리 병실을 얻을 수 있는 방법이 없느냐고 물으니 응급환자로 들어와서 복도에서 이틀을 지내면 가능할 수 있다고 했다. 그렇다고 비용이 많이 드는 1인실 병실에 입원할 수도 없는 형편이어서 2인실 병실이 나올 때까지 기다리기로 하고 11월말에 있을 학예회 준비 상황 점검과 학부모 상담 및 부모 교육 아카데미 등으로 바쁜 일상을 보내고 있었다.

외래진료 후 3일째 되는 날이었다. 이날도 오후에 인천 동부교육지원청 소속 특수학급 담당 교사들의 학교 견학을 주관하느라 더욱 분주하게 움직였다. 학교 시설 안내 후 잠시 자리에 앉았는데 아내로부터 전화가 왔다. 삼성서울병원 원무과에서 2인실 병실이 났으니 오늘 오후 7까지 입원하라고 했다는 것이다. 얼른 교장실로 가서 우선 3일간 병가 신청을 하고 교무부장에게 교감 업무 대행을 부탁하였다. 누구의 도움이 있었는지 지금도 잘 모르지만 생각보다 빨리 입원할 수 있음에 감사한 마음을 갖고, 퇴근 후 바로 학교에 있는 체육복과 운동화, 세면도구만 간단히 챙겨서 병원 본

관 10층 병실로 찾아갔다.

그날 밤 12시, MRI 검사를 받았으며 다음 날 아침 회진 때 주치의는 그 영상기록을 확인한 결과, 오른쪽 간 부위에 약 5cm정도 크기의 종양이 자리하고 있어 수술을 해야 한다고 했다. 그리고는 바로 간 기능 예비력을 측정하는 ICG 검사를 실시하여 수술의 가능 여부를 확인하였다. 다행히 큰 수술을 해도 간 기능에는 지장에 없다며, 종양 제거 수술을 담당할 외과 의사와 수술 날짜를 잡은 뒤 퇴원하라고 하였다. 그런데 이틀이 지나도 수술을 담당할 의사가 배정되지 않았다. 무척 답답하여 병실 담당 간호사에게 "오늘 간암 수술하는 분은 언제쯤 수술 예약을 했나요?"라고 물어보았더니 외과 교수들에 따라 수술 일정이 다르지만 대략 2-3주 정도 기다려야 한다고 했다.

그래서 더 이상 조급한 마음을 버리고 잠시 묵상하는 중에 나의 삶을 정리하는 마음으로 '유언장'을 써보기로 하였다. 지난 47년 삶의 여정을 되돌아보니 그동안 나를 사랑하고 응원해주며 기쁨과 슬픔을 함께 나누었던 고마운 분들이 참 많다는 생각이 들었다. 사랑하는 가족들과 형제들, 말씀과 기도로 응원해주는 교회 목회자와 믿음의 식구들, 특수교육 현장에서 동고동락해온 선후배 동료들, 몸과 마음이 연약하지만 사랑스런 제자와 그 부모님들, 그 외 삶의 자리에서 만난 모든 분이 소중하게 여겨졌다.

먼저 하나님께 감사한 마음을 글로 적었다. 대학 시절까지 복음을 몰랐던 나에게 예수님의 십자가 사랑을 깨닫게 해주시고, 그 사랑과 헌신으로 지난 20여 년간 특수교육현장에서 장애 학생들을 가르치고 그 부모들에게 소망을 주는 역할에 최선을 다할 수 있도록 특별한 소명을 주신 것에 대해 감사한 마음이었다. 그다음 가족에 대해 기록하였는데 아내에게는 홀로 남겨 두고 먼저 떠나서 미안하며, 부족한 나를 끝까지 믿어주고 특히 신앙인의 길로 인도해주어 정말 감사했다는 말을 남겼다. 딸에게는 아빠의 딸로 태어나주어 고마웠고, 앞으로 엄마와 동생을 잘 보살펴 달라고 부탁하였다. 이어서 아들에게 이제부터는 '네가 우리 집안의 가장(家長)'이라는 글을 쓰는데 가슴이 찡하여 나도 모르게 눈물이 핑 돌았다. 잠시 눈물을 닦고 마음을 가다듬어 아들에게 유능한 사람보다 이 세상에 꼭 필요한 존경받은 인물이 되었으면 좋겠다고 나의 진심을 전하였다. 그리고 형제들과 학교 동료, 교회 성도와 친구들에게는 늘 기도와 응원을 해주어 감사했고, 남겨진 우리 가족들을 가끔 챙겨달라는 부탁의 글을 썼다. 그리고 소장품 처리와 기독교식 장례 절차에 관한 요청사항도 적어 두었다.

이렇게 지나온 삶을 정리하는 시간을 갖고 나니 오히려 마음은 평안해졌다. 물론 인간의 생명을 주관하시는 하나님께는 이번 수술이 잘되어 가족들을 보살피고 교회에서 봉사하며, 특수교육 전문가의 사명을 더 열심히 할 수 있는 시간을 좀 더 달라는 간절한 기도를 계속하였다. 주말에는 의사들의 회진이 없어 잠시 외출했다가 재입원하여 수술할 외과 의사 선생님의 호출을 기다리며 무료한 시간을 보내고 있었다. 그다음 날 오후 8시쯤 젊은 의사 선생님이 별실로 찾아와 내 이름을 부르며, 자신이 외과 수술 담당 의사라고 소개하면서 1주일 후 11월 29일에 수술을 할 것이니 퇴원했다가 수술 이틀 전에 다시 입원해달라고 말하였다.

수술 날짜가 정해지니 마음이 더욱 바빠졌다. 그동안 형제들과 학교 동료, 교회 성도들과 친구들에게 나의 질병에 대해 말하지 않았는데 이제는 간암 판정 사실을 알리고 수술이 잘 이루어지도록 기도 요청을 하였다. 먼저 형제들이 나의 질병 상황을 듣고 크게 놀라 수술 전날 모두 병원으로 찾아왔다. 형제들 대부분이 삶의 터전을 가꾸기 위해 젊은 시절에 고향을 떠나 서울에 와서 이제 어느 정도 안정된 생활을 하고 있는데 막내 동생이 큰 수술을 하다가 혹여 잘못될까 봐 큰 염려를 하고 있었다. 오래전 고향을 지키던 큰형님과 누님이 간암으로 고생하다가 일찍 하늘나라로 떠나간 그 아픈 기억 때문인 것 같았다.

학교 선생님들과 친구, 교회 목회자들에게는 그냥 기도만 해달라고 부탁하였다. 그런데 수술 전날 오전에 예고도 없이 안산제일교회 고훈 담임목사님이 병실을 찾아오셨다. 그 시간에 마침 밀알학교 학부모회 임원들이 소식을 듣고 병문안 와 있었는데 목사님과 함께 예배드렸다. 목사님은 말라기 4장 2절 말씀을 주시며 "나는 암 때문에 위와 십이지장, 췌장까지 자르고도 살아났는데 김집사! 간은 잘라내도 또 자라니 걱정할 것 없다."며 암을 이겨낸 선배로서 좋은 권면을 해주셨다. 학부모님들에게도 연약한 자녀를 양육하느라 정말 고생이 많다며 기도로 위로해 주셨는데 학부모회장이 '목사님! 우리 교감선생님 죽으면 정말 안 됩니다'라고 호소하는 이야기를 들으시고, 교회에 가서 그 다음날 새벽예배 때 전교인들에게 학부모들의 간절한 소망을 전하시며 나를 위해 중보기도를 요청했다는 사실을 알게 되어 큰 힘이 되었고 내 가슴은 더욱 뜨거워졌다.

　수술 전날 밤, 주치의 선생님은 상담실로 나와 아내를 함께 불러 내일 수술 방법에 대해 자세하게 설명해 주었다. 우선 복부를 절개하여 간에 자리한 종양 상태를 살펴보고 일부분만 절제할 것이지, 아니면 임파선으로 번질 위험이 있으면 오른쪽 간의 75% 정도로 크게 잘라낼 수도 있다고 하면서 수술 동의서를 받으셨다. 다음날 오후 1시쯤 이동용 침대에 누워 수술실로 가면서 하나님의 자비하심과 의료진들의 세심한 손길로 수술이 잘 진행되기를 간절히 소망하였다. 아내와 형제들과도 웃는 얼굴로 작별 인사를 나누었고, 수술실에 들어가 마취를 하는데 잠시 '주기도문'을 암송하는 중에 잠이 들었던 것 같다.

　마취에서 깨어 잠시 멍한 상태에서 정신을 차려보니 온몸에 여러 가지 기계 장치들이 달려있었고 산소 호흡기가 코로 연결되어 숨을 쉬는데 큰 어려움은 없었다. 아내가 다가와 '고생 많았고 수술이 잘 되었다'는 말에 다시 생명을 얻었다는 안도감이 생겼다. 회복실에서 2시간정도 있다가 오후 6시쯤 2인실 병실로 올라갔다. 형님, 형수님들도 동생이 수술실에서 살아 나온 것에 감격하였고, 이제 잘 회복하는 일만 남았다며 격려해주었다. 아내에게 물어보니 수술 담당 외과 의사의 말이 암 표지자가 다른 장기로 전이될 위험성이 있어 오른쪽 간의 3/4을 절제했다는 것이다. 간암 3기로 큰 수술이었지만 많은 분들의 기도와 응원 덕분에 몸의 통증과 불편함 속에서도 회복 과정이 빨랐고, 8일째 퇴원을 할 때 병실의 다른 환자분들도 마음을 모아 축하해 주었다.

　이번 암 진단과 수술 및 회복 과정을 통해 가족. 형제들뿐만 아니라 정말로 많은 분들이 나를 위해 기도하고 염려해주고 있다는 사실에 새삼 놀랐고 감사한 마음이 들었다. 이제 몸을 온전히 회복한 후에는 그분들에게 받은 사랑과 따스한 정을 다시 되돌려 주고 싶은 마음과 함께 더 힘들고 어려운 상황에 놓인 주변 분들에게도 섬김과 나눔을 꾸준히 실천해나가리라 다짐하였다. 특별히 나보다 나를 더 잘 아시는 하나님이 나의 몸 상태를 긍휼히 여기사 간암이 더 확장되기 전에 집 근처 내과에서 조기 진단을 받게 하고, 최고의 의료 시설을 갖춘 병원에서 실력 있는 의료진들의 손길을 통해 입원과 수술 과정을 신속하게 진행하게 해주신 그 놀라운 사랑과 기적을 체험케 하였다.

수술 이후 정기적인 검진과 약 복용, 간 기능 개선을 위한 균형 잡힌 식단과 적절한 스트레스 관리로 건강한 일상을 보내려고 노력하고 있다. 더불어 지난 20년간 덤으로 주어진 새로운 인생길에서 하나님이 기뻐하실 일을 늘 묵상하며, 가족 및 주변의 장애인을 비롯한 연약한 이웃들을 보살피고 섬기는 활동을 통해 이전보다 더욱 큰 기쁨과 감사로 행복한 마음이다.

프로필

- 밀알학교 교감, 용인강남학교 교장 근무 후 정년 퇴임
- 現) 안산제일교회 시무 장로
- 現) 에이블아트센터 이사, 사)로아트 고문
- 現) 한국기독교 문화유산 연구회 부회장(해설사)

가을 편지

김 현 희

예전에 예전에는 도대체 몰랐습니다
예전에 예전에 누군가도 몰랐습니다
지나고 나서야 알았습니다

그대와 함께한 소중한 시간들
지나가고 나서야 알았습니다
바람 불고 해지는 노을아래
네잎 클로버 반지를 끼고
웃던 그때가 이리도 그리운 줄
이리도 그리운 줄
시간이 한참 지나서 알았습니다

그대가 그리운 날이 오면
숲속 어디에 있을 줄 모르던 네잎 클로버를
소담소담 찾으러 다니겠습니다

해바라기

그대의 진심을 이제야 알았습니다
포근히 내리는 봄비 속을 마냥 걸어갔습니다
그대의 간절함을 이제야 알았습니다

겨울 속에 숨어있던 따스한 숨결을
이제야 알았습니다

그 진심으로 찬연히 하늘을 바라보며
간지러운 바람과 무심한 구름 속을
무작정 걸어갔습니다

따사로운 햇살이 어느덧
뜨거운 여름이 될 때
그대는 반짝이며 피어올랐습니다

그 간절한 뜨거움이
나를 일깨워 주었다는 걸요
이제야 알았습니다

저 창문 밖에는

저 창문 밖에는
그리운 사연담은
서풍이 불어오네

봄물결처럼 지나간 꽃자리
남몰래 보내온 사연들

고운 님 보낸
꽃편지에 실린
그리운 소식 전해주네

프로필

- 대구동변초등학교 세계로 인문학 교사
- 오르비은빛도서관 관장
- 독서운동가 및 글쓰기 강사

개입하지 않는 교실은 누구를 위한 교실일까?

신 은 서

초등학교 사서교사로서 그 안에서 느끼는 감정과 고민을 하나의 '소리'로 정리해 본 적은 없기에, '현장의 소리'를 써 보자는 제안을 받고 한동안 글을 시작하지 못했다. 도서관은 늘 분주하고, 사서교사는 늘 다음 수업과 다음 문제를 향해 움직인다. 생각을 멈추고 돌아볼 여유는 많지 않다.

초등 교실은, 아니 초등 도서관은 흔히 가장 안전하고 따뜻한 공간으로 여겨진다. 실제로 아이들은 여전히 웃고, 교사를 믿고 다가온다. 하지만 그 웃음 뒤편에는 이전과는 다른 긴장과 조심스러움이 함께 자리하고 있다. 국적이 다양한 다문화 학생의 수가 많아지고 있고, 특수 교육을 요하는 학생들도 예전보다 늘어났다. 여기에 인터넷의 확산으로 학생들이 보고 듣는 지식의 차이는 상상을 초월한다. 개인정보와 인권의 중요성이 강조되면서 학생 인권은 보호되지만, 교사 인권은 충분히 보장되지 않는 아이러니한 상황 속에 놓이기도 한다. 이런 현실 속에서 교사가 어떤 마음으로 하루를 버티고 있는지, 그 조용한 목소리를 남기고자 한다.

요즘 아이들은 빠르다. 상황을 판단하는 속도도, 감정을 표현하는 속도도 빠르다. 문제는 그 속도가 교실 안에서 서로를 향할 때다. 친구의 말과 행동에 대한 평가는 즉각적으로 이루어지고, 그 판단은 곧 말이 된다. 교사는 그 사이에서 갈등을 조정하고 상처를 최소화하려 애쓴다. 반면에 교사의 움직임은 점점 느려진다. 말 한마디, 표정 하나를 선택하기까지 여러 번 생각한다. 혹시 오해를 낳지는 않을지, 누군가에게 상처가 되지는 않을지, 교실 밖으로까지 번지지는 않을지 스스로를 검열한다. 교실은 여전히 아이들의 공간이지만, 동시에 언제든 외부와 연결될 수 있는 장소가 되었다.

3학년 수업 시간, 한 아이가 반복적으로 친구에게 거친 말을 했다. 처음에는 주의를 주었고, 상황이 계속되어 나중에 조용히 불러 이야기를 나눴다. 아이는 자신의 말이 친구에게 상처가 될 수 있다는 점을 이해했고, 스스로 사과했다. 훈훈하게 마무리되었다고 생각했다.

그날 오후, 학부모에게 전화가 왔다. 공개적으로 창피를 준 것 아니냐고, 사과를 하게 한 것이 정서적으로 문제가 있는 것 아니냐고 했다. 교실 상황을 설명했지만, 대화는 설명이라기보다 해명에 가까웠다. 아이가 자발적으로 사과했다는 점, 다른 아이들의 반응은 어땠는지, 말투는 부드러웠는지 하나하나 짚어야 했다. 심지어 "여기가 초등학교 교실인데, 누가 그런 걸 우리 아이에게 가르치라고 했느냐"는 말도 들어야 했다. 더 이상 선생님한테 혼나고 오면 '네가 잘못했겠지'라며 무한한 신뢰를 보내던 예전의 학부모는 아니었다. 물론 이후 학부모와의 대화는 잘 마무리되었고, 큰 문제 없이 지나갔다. 잘 무마되었다. 휘유, 다행이다.

교사는 이제 '스승'이라는 말을 감히 할 수 없는 시대가 된 듯하다. 교사는 교직이 아니라 서비스직이라는 자조적인 말도 들린다. 전화를 끊고 문득 이런 생각이 들었다. 나는 아이들 사이의 관계를 회복시키기보다, 문제가 되지 않는 선택을 먼저 고민하고 있었구나. 그 이후로 교실에서 '사과'라는 말은 쉽게 꺼내지지 않는다. 대신 '각자 생각해 보자'는 말로 상황을 정리한다. 그 선택이 아이들에게 정말 도움이 되는지는 아직도 확신할 수 없다. 그러나 개운치 않은 건 사실이다.

초등 교사는 흔히 '따뜻해야 하는' 존재로 기대된다. 아이들을 품고 기다려주는 사람, 언제나 이해하는 어른. 그러나 교사도 감정을 가진 사람이기에 반복되는 갈등과 설명, 중재 속에서 교사의 감정은 서서히 소진된다. 아이 한 명을 보호하기 위한 선택이 다른 아이에게는 불공정으로 느껴질 수 있다. 모두를 만족시키는 선택은 거의 없다.

그럼에도 교사는 늘 '가장 안전한 선택'을 해야 한다. 여기서 안전하다는 말은, 누군가에게 문제 제기로 이어지지 않는 선택에 가깝다. 결국 교실 안에서 할 수 있는 최소한의 대응만 하게 된다. 그 과정에서 불만스러운 아이들의 표정이 눈에 들어오지만, 그 불편함은 공식적으로 기록되지 않는다. 그렇다. 공식적으로 기록되지는 않는다. 그렇게 하기 위해 우리는 또 많은 수고를 아끼지 않는다. 그저 나는 일기장에 넋두리를 늘어놓을 뿐이다.

'아무것도 하지 않는 것이 가장 안전한 교실은 누구를 위한 공간일까?'라고.

　그럼에도 불구하고 나는 다시 교실로, 도서관으로 들어간다. 이유는 단순하다. 아이들이 있기 때문이다. 사소한 칭찬에도 얼굴이 밝아지고, 어제보다 조금 나아진 모습을 보여주는 아이들 앞에서 나는 다시 마음을 다잡는다. 현장의 소리는 큰 외침이 아닐 것이다. 그것은 매일 교실에서 이루어지는 수많은 선택 앞에서의 망설임이고, 그럼에도 아이들을 향해 다시 마음을 여는 조용한 노력이다. 초등 교실의 교사들은 오늘도 눈에 띄지 않는 자리에서 많은 것을 감당하고 있다.

　아침에 출근했더니 교실이 잠겨 있어 들어가지 못한 1학년 태영이가 교실 앞에 우두커니 서 있다.

"태영아, 담임 선생님 조금 있으면 오실 거야. 도서관 와서 있을래?"

"네."

아주 가끔은 교실에 들어가기 싫은데, 도서관에 오면 사서 선생님께 무슨 말이라도 들을까 봐 도서관 앞에서 안의 동태를 살피는 아이도 있다. 이 학생도 1학년이다. 나는 1학년이 제일 무섭다.

"왜? 친구랑 싸웠어?"

"아니요."

"선생님한테 혼났어?"

"아니요."

"교실 들어가기 싫구나?"

"그럼 책 보다가 갈까? 만화책 볼래, 그림책 볼래?"

"만화책이요."

"그럼 이 중에서 골라서 읽어볼래? 아니면 선생님이 골라줄까?"

"제가 골라볼게요."

아이의 이름을 알고 있기에 담임교사에게 아이가 도서관에 있다고 메신저를 보내면, "감사해요, 선생님. 제가 10분 있다가 내려갈게요."라는 답이 온다. 10분쯤 지나면 아이는 언제 그랬냐는 듯 "선생님, 이거 2탄 어디 있어요?"라고 묻는다. 그러고는 점심시간이 되었다며, 오늘 맛있는 게 나오는 수요일이라며 뛰어 올라간다. 다행이다. 밥도 안 먹겠다며 우는 상황은 정말 공포다.

초등 2학년 아이들이 도서관에 왔다. '인어공주'를 읽고 싶어 하는 아랑이. 아랑이를 만만하게 보는 기준이는 그 책을 볼 것도 아니면서 보란 듯이 옆구리에 끼고 다닌다. 기준이에게 그 책을 읽을 거냐고 묻자 읽을 거라고 한다. 아랑이는 약이 오른 듯하다. 나는 아랑이에게 조금 기다리면 기준이가 내려놓을 것이고, 그때 대출하면 된다고 말하며 그렇게 되리라 생각했다.

그런데 약이 오른 아랑이는 어찌 된 일인지 묻는 지호에게 기준이의 행동을 모두 이야기하게 된다. 이제 아랑이, 기준이, 지호뿐 아니라 여러 명이 이 상황을 알게 되었다. 내심 나는 아이들이 이 문제를 어떻게 해결할지 궁금했다. 지호가 말한다.

"아랑아, 좀 기다려라. 기준이는 맨날 그러지 않냐? 그래서 우리 담임 선생님하고도 맨날 약속하는데도 그러잖아. 그냥 그러려니 해라."

지호의 말을 어떻게 받아들였는지, 아랑이도 기준이도 별말이 없었다. 곧 기준이는 인어공주 책을 내려놓았고, 아랑이는 무사히 그 책을 대출해 갈 수 있었다.

교사의 개입 없이도 아이들은 상황을 잘 파악하고 있으며, 어떻게 하는 것이 올바른 선택인지 알고 있을 때가 많다. 교사나 부모의 개입이 오히려 문제 해결을 더 어렵게 만들기도 한다. 초등학생들이 어리기는 하지만, 사태 파악을 전혀 못 하는 떼쟁이만은 아니라는 것이다. 그들의 생각과 판단을 존중해 주는 것이 가장 좋은 방법일지도 모른다.

교사는 한 발짝 물러서서 객관적인 입장에서 아이들을 바라보는 것이 더 나을 때도 분명 있다. 교사가 아이들을 가르치는 것이 아니라, 친구들과 함께 보낸 시간이 그들의 생각을 자연스럽게 키우기 때문이다. 다만 늘 예의 주시하고 있다는 신호는 주어야 한다. 아이들은 선생님의 반응이 어떨지, 무엇이 잘못된 행동인지 이미 잘 알고 있다. 한마디로 '누울 자리를 보고 다리를 뻗는다.'는 말이 딱 맞다. 눈치가 백단이다.

그들의 성장을 다시 한 번 믿어 본다.

"선생님 사랑합니다."

머리 위로 큰 하트를 그리며 도서관으로 들어오는 6학년 유준이에게 "그래, 우리 사랑 변하지 말자." 하며 반긴다. 여전히 나는 학생들을 짝사랑하며 행복해하는 사서교사이다. 늘 문제만 발생하는 곳은 아니기에, 나는 또 허공을 보던 눈길을 아이의 눈으로 옮기며 오늘도 함박웃음을 짓는다. 다시 활기찬 하루가 시작된 거다.

프로필

• 경기도 평택 초등학교 사서 재직

어쨌든,

우 승 희

어쨌든, 갔다. 그리고 알았다.

고등학교 진학할 즈음 나는 갑자기 봉사활동을 하고 싶었다. 그래서 그냥 갔다, 장애인복지관으로. 왜냐하면 난 어쨌든, 뭔가 하고 싶고, 어쨌든 할 사람이니까. 그리고 그곳에서 나는 내 삶의 큰 깨달음을 얻었고, 그 선택은 내 삶의 전부를 결정하는 계기가 되었다. 창문 너머로 나를 때려버리는 햇빛이 무성한 여름. 버스를 타고 한 시간을 오가며 중증 장애인들과 일상을 함께 했다.

그렇게 일주일쯤 지났으려나. 집으로 돌아가는 버스 안의 공기는 너무 덥고 숨이 막혔다. 자연스레 창문을 열고나니 시원한 바람이 내 볼을 스쳐온다. 순간 나도 모르게 눈물이 흘렀다.

'덥다고 느끼게 해주셔서 감사합니다. 더운 여름 시원한 바람에 시원하다고 느끼게 해주셔서 감사합니다. 내 몸에 큰 상처 없이 건강하게 자라게 해주셔서 감사합니다.'

17살 내 인생에 감사함이 몰려왔다. 집에 도착해 엄마에게 말했다.

"건강하게 낳고 키워 주셔서 고마워 엄마. 내가 지금 배고프다고 느끼고, 맛있는 것을 먹고 맛있다고 느끼는 것, 오감을 느끼고 표현하는 이 모든 것을 할 수 있게 해줘서 고마워."

돌이켜 생각해 보면 17살 치고는 너무 빠른 깨달음인가 싶다. 그래도 알았다. 내가 살면서 무엇을 생각하고, 무엇을 감사하고, 무엇에 빠져야 하며, 무엇을 해야 하는지 정도는. 그때 나는 선택했다. 뭐든 해야 하고, 어쨌든 할 건 해야 하고, 아무것도 하지 않는 것보다는 하는 삶을 살아야 한다고 말이다.

삶의 원동력을 17살에 찾은 나는 특수교사로 15년째 살고 있다. 누군가의 삶에 들어가 그들의 가족이 되어주고, 그들의 친구가 되어주고, 그들의 지지자가 되어주려고 한다. 때론 내가 누군가의 삶을 흔들어 놓는 건 아닌지, 내가 누군가의 삶에 너무 개입하는 건 아닌지 걱정이 되고, 두렵기도 했다.

하지만 매일 출근했고 학생들과 그의 가족들과 매일 마주했다. 그렇게 시간이 흐르고 삶을 돌아보니 후회되는 순간도 있다. 하지만 그렇지 않은 순간이 더 많이 켜켜이 쌓여 나와 함께 했다. 17살의 나를 나는 칭찬하고 싶다. 무턱대고 가다 보면 나처럼 뭔가를 얻겠지?

어쨌든, 집에서 나간다.
집에서 나왔다.
어린 시절 나에게 아르바이트는 삶이었다. 지금 돌아서 생각해 보면 어떻게 살았나 싶을 정도로 학교와 아르바이트의 연속이었다. 패밀리 레스토랑이 유행하던 2000년대 초반. 유명한 피자 프랜차이즈 지점에서 「서버」로 내 아르바이트는 시작되었다. 꽤 컸던 그곳에서 내가 맡아야 하는 테이블은 10개 남짓. 주변 아르바이트보다 시급을 더 많이 준다는 공고에 시간당 2,100원을 받으며 무릎을 꿇고 손님을 왕처럼 모시며 주문을 받았다. 18살에 그렇게 시작한 아르바이트는 24살 첫 직장을 가지기 전까지 약 10가지를 넘기고 있었다. 과외, 편의점, 회전초밥, 인형탈 쓰기, 대형 빵집 등등 참 여러 가지가 나의 삶을 채워주었다. 어쨌든 나는 집에서 나와 아르바이트를 해야 했다. 학교를 다니기 위해 사용되는 기본적인 비용(교통비, 식비, 교재비 등)은 모두 나의 몫이었고, 4년간의 등록금 또한 직장을 갖고 난 후 6년간 나의 몫이었다. 그 돈들을 모두 감당하려면 집에서 나와야만 했다.

대학교 3학년쯤 공강 시간에 창밖에서 깔깔거리며 지나가는 여학생과 화장실 거울에 비친 내 모습을 번갈아 바라보고는 울었다. 후줄근한 옷에 검은색 머리핀 하나 성의 없이 꽂은 내 모습은 창밖의 화사한 학생과는 사뭇 달랐다.

'왜 나는 이렇게 살아야 하는가. 왜 나는 즐겁게 웃을 시간조차 주어지지 않는가. 나도 살고 싶다. 저렇게.'

그래서 또 집을 나와 악착같이 벌었고, 도서관에서 공부만 했다. 이것만이 나에게 주어진 최선의 길이었고, 정답이었다. 그런 나의 삶이 그땐, 참 슬펐고, 참 힘들기만 했다.

하지만 20년이 지나고 지금 돌아보니 또 그때의 그 힘들고 슬픈 감정만이 전부가 아니라는 것을 이제야 깨달았다. 그 많은 아르바이트가 교사로서 내 삶의 재산이 되었고, 무엇보다 열심히 살면 무엇인가는 할 수 있다는 것도 배웠다. 이제 와서 생각해 보면 흔히 말하는 위험한 아르바이트는 하지 않았던 것도 참 다행이었다.

어쨌든 집에서 나와 생계를 유지했던 삶을 산 나로서는 요즘 대학생들이 그토록 안쓰럽다. 물가상승률에 비례하여 등록금은 오르

지 않았지만, 최저시급은 만원을 넘긴 2026년에 젊은이들은 나와
는 다른 삶을 살 수 있을 거라고 추측은 한다. 하지만 나는 그들이
즐기지 못하는 '한여름의 휴가 같은 젊음'을 생계유지에 썼음에 너
무나 슬프다.

　그래도 괜찮다. 괜찮다. 어쨌든, 그 시간들이 흘러 그들의 것이
될 것일 테니까. 나처럼.

　어쨌든, 병원으로 갔다.

　나는 불안장애, 공황장애, 수면장애를 가진 그냥 대한민국 40대
직장인이다. 난 이것들을 '앓고' 있지 않고, 가지고 있다. 아 맞다!
얼마 전 의료사고로 왼쪽 상완총신경 손상으로 손가락에 장애도
가지게 되었다. 그냥 나열해 보니 참 중증 환자가 따로 없다.

　그래서 난 어쨌든, 병원으로 갔다. 잠을 자기 위해, 재활을 받기
위해, 내 삶이 온전히 잠잠하길 바라는 마음에 병원으로 갔다. 약
을 장기간 잘 복용하다보니, 나도 모르게 '이것'들과 함께하는 일
을 까먹을 때가 있다. 그러다 보니 괜찮을 줄만 알고 일주일 정도
약을 먹지 않은 어느 날. 심장이 내 몸 밖에서 뛰는 것 같았다. 작
은 소리도 내 귓가에서 크게 울려 퍼지기도 한다. 물이 바닥에서부
터 차올라 목 밑까지 들이쳐 숨이 막혀오는 기분이 들었다. 이쯤
이면 느낀다. 내가 '이것'들을 가지고 살고 있는 사람이었다는 사
실을. 그렇게 나는 결국 병원을 다시 찾는다. 나도 '이것'들과 함
께 하고 싶지 않다. 세상에 얼마나 좋은 것들이 많은가. 그럼에도
10년 정도 함께 하고 나니 이골이 날 지경이다. 하지만 뭐. 어쨌든
병원에 간다. 살기 위해.

요즘 정신건강의학과에 방문하면 참으로 환자들 연령도 다양하고, 예약을 하지 않으면 진료조차 볼 수 없는 곳이라는 것을 깨달을 텐데. 사람들은 아직도 병원의 문턱이 높다고만 생각한다. 실제로 정신의학과를 방문하는 사람으로서 오히려 예약 대기 때문에 문턱이 높게 느껴지는 게 현실이다. 어느 유명한 교수님을 보기 위해 소아청소년정신건강의학과는 1년 반을 기다려야 한다는 이야기도 들었다. 하지만 처음 마음먹기가 힘들지 내 삶을 건강하고 온전하게 살기를 바란다면 용기를 내기를 바라본다.

세상 살면서 고민 없고 힘든 일 하나 없이 사는 이가 과연 있을까 싶기도 하다. 유전학적으로 삶을 나눠 가진 가족과도 문제가 생기는데 학교에서, 직장에서 과연 항상 좋기만은 한 것이 진짜 있을 수 있는 삶일까? 만약 진짜 그런 사람이 존재한다면 아마 두 가지 중에서 하나는 꼭 맞을 거라고 장담한다.

첫째, 내 주변에 누군가가 무조건 이해하고 배려하고 있어서 내 삶만은 평안한 것.

둘째, 내 속이 문드러지는지 모르고 나를 갉아 먹고 있는 것.

어서 가자. 어쨌든 가자. 병원으로. 내 삶을 온전하고 평안하게 유지하기 위해.

어쨌든, 나는.

매일 열심히 산다. 매일은 열심히 살지만 인생 전체를 열심히 살지는 않는다. 그저 매일은 부지런히 인생은 대충 사는 것이 내 인생 신조다.

'혹시 다음 주 여행 가기 전에 다치면 어떡하지? 앞으로 1년 후에 나는 교육장 표창을 받을 정도로 잘 되어있을 거야. 우리 아이가 하굣길에 납치당하면 어떡하지? 나의 공황장애, 불안장애, 수면장애는 언제까지 함께 하는 걸까?'

등등 고민할 거리, 생각할 거리는 무궁무진하다. 하지만 나는 깊게 고민하지 않는다. 그저 그냥 산다.

특수교사로서 아이들을 책임지는 일도, 대학원에서 다시 학생이 되는 일도, 두 아이의 하루를 무사히 함께 끝내는 일도 조금만 생각을 붙잡으면 불안해질 요소들 투성이다. 하지만 나는 생각하지 않는다. 그런 생각들 위에 오래 머무르지 않는다. 어쨌든, 그저 그냥 산다. 그래서 나는 요즘도 큰 계획을 세우지 않는다. 5년 후의 나, 10년 후의 나를 그려보라고 하면 솔직히 잘 모르겠다. 다만 오늘 해야 할 일은 안다. 오늘 수업을 무사히 마치고, 아이들을 집에 보내고, 대학원을 가고, 집에 와서 아이들과 하루를 마무리하고, 씻고, 잠자리에 드는 일. 그렇게 하루를 끝내고 나면 "오늘도 살아냈다"라는 말 대신 "아, 오늘도 살았네" 정도면 충분하다.

사실 어릴 적부터 냅다 이것저것 닥치는 대로, 마음먹은 것은 열심히 하면서 살다 보니 일상을 살아내는 것, 새로운 무엇인가를 하는 것에 대한 두려움이 없는 것일 수도 있다. 실패해도 어쨌든 내가 한 일이니 내가 감당해야 한다고 생각했다. 어쨌든 나는 이미 실행에 옮겼으니까.

아직 불안은 여전히 있고, 공황과 잠 못 이루는 밤도 완전히 사라지진 않았다. 하지만 그것들이 나의 전부는 아니라는 걸 이제는 안다. 나는 불안한 사람인 동시에 그래도 매일 밥을 먹고, 일을 하고, 웃고, 다음 날을 살아내는 사람이기도 하다.

어쨌든, 인생을 열심히 살지 않겠다는 말은 대충 살겠다는 뜻이
아니다. 오늘을 감당할 수 있는 만큼만 살겠다는 뜻이다. 그 이상
을 욕심내지 않겠다는, 어쩌면 나 자신과의 가장 현실적인 약속
이다.

그러니. 살아라. 어쨌든, 이런 나도 살고 있으니,

프로필

- 경기도 중등 특수교사
- PDC, EC, PD 에듀케이터
- 공저:〈학급긍정훈육법〉, 〈특수교육 실전편〉

삐약 삐약 병아리 삼총사

윤 용 한

따르릉!

점심시간 종이 울렸다.

"애들아, 오늘은 우리가 꼬꼬를 돌보는 날이야!"

민수, 지혜, 태호는 학교 농장으로 달려갔다. 그런데 닭장 문이 열려 있었다. 꼬꼬가 사라진 것이다.

"꼬꼬~! 꼬꼬~!"

아무리 불러도 대답이 없었다. 세 친구는 학교 뒷산으로 향했다.

"꼬꼬댁~ 꼬꼬댁~"

저 멀리서 꼬꼬의 울음소리가 들렸다. 작은 동굴 입구에 꼬꼬가 서 있었다. 민수가 꼬꼬를 안아 올렸는데, 꼬꼬는 계속 동굴 안쪽을 바라보았다.

"왜 자꾸 저쪽을 쳐다보지?"

동굴 깊은 곳에서 이상한 빛이 반짝이고 있었다. 세 친구가 조심 조심 들어가 보니, 무지개처럼 일곱 가지 색깔로 빛나는 신비한 알이 놓여 있었다.

"우와! 진짜 예쁘다!"

"만지면 안 될 것 같은데..."

태호가 걱정했지만, 민수는 이미 손을 뻗고 있었다. 민수의 손이

알에 닿자 번쩍! 눈부신 빛이 터져 나왔다.

"으아아악!"

세 친구는 동시에 비명을 지르며 쓰러졌다.

'으으,. 여기가 어디지?'

얼마나 시간이 지났을까. 민수가 가장 먼저 눈을 떴다.

"삐약!"

분명 말을 했는데 민수 입에서는 꼬꼬댁 소리가 났다.

"삐약삐약!"

"삐약!"

지혜와 태호도 마찬가지였다. 서로를 바라본 세 친구는 깜짝 놀랐다. 모두 노란 털이 보송보송한 병아리가 되어 있었다!

"아이들아, 괜찮니?"

꼬꼬가 다가왔다. 신기하게도 꼬꼬의 말을 알아들을 수 있었다.

"어떻게 다시 사람이 될 수 있어?"

민수가 울먹이며 물었다.

"학교 관리사 할머니라면 알 수 있을 거야."

작은 병아리가 된 세 친구는 꼬꼬를 따라 학교로 향했다. 관리실 창문을 톡톡 두드리자 할머니가 나타났다.

"그래, 신비한 알을 만졌구나."

할머니는 이미 모든 걸 알고 있었다.

"원래대로 돌아가려면 진정으로 다른 생명을 위해 용기를 내야 한단다. 자신보다 약한 존재를 지키기 위해 두려움을 이겨내는 거야."

그날 밤, 세 친구는 학교로 돌아왔다.

"으르렁!"

갑자기 무서운 소리가 들렸다. 삵 세 마리가 나타났다.

"내일 밤에 농장을 습격한다!"

삵들은 무서운 계획을 세우고 어둠 속으로 사라졌다.

"큰일이야! 친구들에게 빨리 알려야 해!"

세 친구는 서둘러 농장으로 향했다.

"여러분, 삵들이 내일 밤 여기를 습격할 거래요!"

동물들은 모두 두려움에 떨었다.

"우리가 도와줄게!"

그때 민수, 아니 민수 병아리가 용감하게 말했다. 하지만 태호 병아리는 여전히 걱정스러웠다.

"하지만... 우리도 작은 병아리인걸.."

"너희는 특별해. 사람의 지혜와 동물의 마음을 모두 가졌잖아."

꼬꼬가 세 친구를 격려했다.

다음 날 밤, 여정대로 삵들이 나타났다.

"오늘은 맛있는 저녁을 먹겠군!"

동물들이 두려워 꼼짝도 못 하고 있을 때였다.

"꼬꼬댁!"

민수가 삵들 앞으로 뛰어나왔다. 몸이 부들부들 떨렸지만 물러설 수 없었다. 지혜와 태호도 용감하게 앞으로 나섰다.

"하하하! 병아리 주제에 영웅놀이를 하겠다고?"

삵 대장이 비웃었다.

"민수야, 기억나? 과학 시간에 배운 동물들의 초음파!"

"태호야! 우리 함께 큰 소리로 울자!"

"삐약 삐약삐약!!"

세 병아리의 울음소리가 학교 전체에 울려 퍼졌다. 그러자 놀라운 일이 일어났다. 무슨 일인가 싶어 학교 개들이 달려왔고, 동네 고양이들이 모여들었고, 새들도 날아왔다. 순식간에 수많은 동물들이 농장을 둘러쌌다.

"뭐, 뭐야? 동물들이 몰려왔어!"

삵들은 꼬리를 내리고 도망쳤다.

"고마워! 너희가 아니었다면..."

동물들이 기뻐할 때였다. 따뜻한 빛이 세 친구를 감싸기 시작했다.

"이게 뭐야?"

민수가 놀라서 말했다. 이번엔 꼬꼬댁 소리가 아니었다. 사람 말이 입에서 나왔다.

"우리가... 사람이 됐어!"

할머니가 나타났다.

"잘했다, 아이들아. 진정한 용기를 보여줬구나."

다음 날 아침, 세 친구는 학교 농장에서 동물들을 돌보고 있었다.

"꼬꼬야, 이제 네 마음을 알 것 같아."

"동물들도 우리처럼 무서워하고, 슬퍼하고, 기뻐하는구나."

"앞으로 더 잘 돌봐줄게. 모든 생명이 소중하니까."

꼬꼬가 기쁘게 울었다. 병아리가 되었던 신기한 경험은 세 친구에게 소중한 선물이 되었다. 이제 세 친구는 알았다. 작은 생명도 얼마나 소중한지, 그리고 진정한 용기가 무엇인지.

프로필

- 경기도 교육청소속 초등교사
- 22년째 어린이들과 행복한 삶 영위

이다옥 이율권 정성원 정
정성원 정재헌 차경란 이
차경란 이다옥 이율권 정
옥 이율권 정성원 정재헌
성원 정재헌 차경란 이다
차경란 이다옥 이율권 정
이율권 정성원 정재헌 차
정재헌 차경란 이다옥 이
이다옥 이율권 정성원 정
정성원 정재헌 차경란 이
차경란 이다옥 이율권 정
이율권 정성원 정재헌 차
정재헌 차경란 이다옥 이

2부

이다옥

이율권

정성원

정재헌

차경란

아홉 살의 기다림

이 다 옥

아홉 살의 나에게 엄마는 매일의 그리움
농사일에 바쁜 울 엄마.
해가 저물면,
대문 밖에 쪼그려 앉아 엄마만을 한없이 기다렸다

기다림에 지쳐 눈물이 핑 돌면.
붉은 노을을 보며 위안 얻으니
지금도 어른거리는
석양 등진 울 엄마

장맛비 쏟아지면 비로소 행복한 나.
집에 있는 엄마는
화롯불 앞에서 지글지글 감자전을 부쳤다.
갓 부친 감자전보다 더 행복한 건
곁에 있는 엄마의 온기.

가을걷이를 끝내면,
가래떡을 뽑는 잔치로 북적이는 마을
엄마에게 농사 마무리는
따뜻한 떡을 이웃들과 나누는 것

떡을 나르는 심부름은 나의 몫
가슴이 벅찼다
긴 겨울, 엄마가
온전히 내 곁에 머물러 줄 거니까

눈을 감으면 오는 고향

눈이 내린다.
눈을 감으면,
떠오르는 그리운 고향에도
눈이 내린다.

밤새 내린 눈,
온통 하얀 천지
산도 들도 하얗고
나뭇가지 가지마다
눈꽃이 활짝 피었다.

포근한 연기가
아침 굴뚝에 피어오르면
아침밥은 먹는 둥 마는 둥,
친구들과 함께
썰매를 만든다.

언덕진 밭으로 달려가
하루 종일 신나게 썰매를 지친다
바지에 구멍이 나는 줄도 모르고

추위도 멀리 보낸 채
해가 질 때까지 타고, 또 타고…

노을 지고 어둠이 내려앉아야
너덜너덜해진 썰매를 끌고
꽁꽁 언 손을 후후 불며
집으로 돌아온다.

따스한 화롯불에 언 손 녹여주고,
구멍 난 바지를
말없이 꿰매어 주는 울 엄마

눈을 감으면
그리움 가득한 겨울 고향이 내게로 온다

그럴 만한 이유

혹 슬픔으로 마음이 가득 찼나요?
그래도 한 사람
당신을 웃음 짓게 하는 이 있다면
그것으로 이미 행복입니다.

억울함이 먹구름처럼 몰려왔나요?
그래도 한 사람
묵묵히 응원하는 이 있다면,
그것 또한 행복입니다.

당신이 떠난다는 소식에
매일 눈물 흘렸습니다.
붙잡으며 애원하고 싶었습니다.
가까이서 서로 기쁨이 되는
오랜 인연이고 싶었습니다.

침묵하며 떠나신 이유,
당신에게는 분명히 있을 터
차마 나는 그 이유 묻지 못합니다
그럴 만한 이유

당신에게는 분명히
있었을 테지요.

멀리 떠난 그대
그리움 켜켜로 쌓여만 가고
그토록 보고픈 당신
언젠가 더 나은 모습으로
만날 날 있겠지요

그날 기다리며
오늘도 당신을 위해 가만히 기도합니다.

버들강아지 피어오르면

매서운 겨울 지나가면,
꽁꽁 얼었던 개울물은
졸졸졸 흘러 봄을 알린다.

물가에 버들강아지,
수줍게 고개 내밀면
돌덩이처럼 얼었던 땅속에서는
새싹들이 용쓰며 올라오니
봄을 시샘하듯 눈발이 날카로이 흩날린다.

그래도 봄은 기어코 오고,
밥상 위에 오른 향긋한 냉이국
코끝에 봄 냄새를 가득 풀어놓는다.

진달래 꽃잎 얹어
붉고 노란 화전을 부치니
앞산도 뒷산도 봄맞이 분주하다.
연록빛 작은 새싹들도
부끄러운 듯 고개를 내민다.

마음의 방을 짓는다

나의 마음속 깊은 한구석 차지한
말 못 할 수많은 감정의 방들

감사의 방에서 하루다 문을 열고 시작되니
따뜻한 커피 한 잔은
나를 행복의 방으로 기꺼이 초대한다

슬픔은 눈물의 방을 요동치게 하고,
분노의 방에서는
숨조차 쉴 수 없을 만큼 답답함이
노도처럼 밀려온다.

수많은 다양한 감정의 방을 지나,
기도의 방으로
나는 조용히 발걸음을 옮긴다.

감사의 방을 더 넓고 환하게,
기쁨의 방을 더욱 크고 충만하게
매일 마음의 방을 짓고 싶구나

프로필

- 전 와이즈만 영재교육원 과천센터 원장
- 현 재무설계사, 법인 컨설팅 전문가

나는 나를 고용하기로 했다

이 율 권

나는 언제나 '사람 대 사람'으로 마주하는 진솔함의 힘을 믿어왔다. 인사(HR)라는 직무는 흔히 사람을 숫자로 환산하거나 시스템의 부속품으로 다루는 차가운 일이라 여기는 사람들도 있지만, 내게 인사는 사람의 인생과 기업의 가치가 만나는 가장 뜨겁고 진솔한 접점이어야 했다. 하지만 이기적인 생존 논리가 지배하는 사회에서, 때로 나의 진솔함은 무모한 고집이자 비싼 사치처럼 취급받고는 했다.

외국계 제조 기업의 한국 법인에서 재직하던 그해 여름, 나의 이런 철학은 거대한 폭풍 앞에 놓인 촛불 같았다. 노후화된 설비의 내부 압력을 견디지 못하고 터져 나온 고압의 액체가 야간 근무 중이던 작업자에게 덮쳤다. 당연히 책임공방이 이어졌다. 누구든 나서서 문제해결을 해야 했다.

한국 경영진은 지역본부의 지시와 현행법 사이에서 아슬아슬한 줄타기를 했다. 결국 지역본부에서 이미 정해진 결론처럼 보이는 해결책이 실행되기 위해서는 누군가가 칼을 휘두르는 악역을 맡아야 했고, 그 역할은 오롯이 나의 몫이었다. 징계위원회 당일, 회의실 안의 공기는 참석자들이 회의실에 오기 전 초조함을 달래며 피웠던 담배 냄새와 눅눅한 열기가 섞여 훅 끼쳐왔다. 그날 자리에

참석한 사람들은 나를 뚫어지게 응시하고 있었다. 그들은 내가 평소에 그들을 어떻게 대했는지 알고 있었다. 대립각을 세우기보다 대화를 원했고, 가면을 쓰기보다 맨얼굴로 소통하려 했던 인사팀장 이율권을 그들은 기억하고 있었다. 그래서였을 것이다. 그들의 눈빛에는 날카로운 비난보다는 '너도 결국 어쩔 수 없는 놈이냐'는 서글픈 배신감이 서려 있었다.

나는 그들의 눈을 당당하게 마주 보려 애썼다. 하지만 입을 여는 순간, 내 시선은 서류 모서리로 향하거나 상대방의 어깨 너머 허공으로 흩어졌다. 차갑고 절제된 목소리로 징계 사유서를 읽어 내려가는 내 목소리는 내 것이 아닌 듯 낯설었다. '작업지시 위반', '주의 의무 소홀'… 누군가의 삶을 단죄하는 문장들이 내 입술을 타고 흘러나올 때마다 내면의 자아는 갈기갈기 찢겨나갔다.

징계 대상자의 태도는 나를 더욱 괴롭혔다. 누군가의 생계를 유지하는 목숨 줄이 끊기는 엄중한 자리임에도 그는 삐딱한 자세로 앉아 성의 없는 답변을 툭툭 내뱉었다. 그 불량한 모습에 순간적으로 분노가 치밀었지만 그 분노는 분명 나를 힘들게 한 당시의 상황에 놓인 나 자신을 향해 화가 난 것이었다.

나는 그를 완벽하게 단죄해야만 '일 잘하는 인사팀장'이라는 가면을 유지할 수 있는 비정한 연극의 주인공이었다.

징계가 마무리될 무렵, 내게 맡겨진 또 하나의 잔인한 임무는 유족과의 합의였다. 유족을 만나러 가야 한다고 생각하니, 당시 분위기상 나는 머리채라도 잡힐 것 같았다. 아니나 다를까, 대표님이나 공장장을 대신해 나갔던 자리에서는 왜 나이 어린 인사팀장이 나왔냐고 고성이 오갔다. 나는 "회사를 대신하여 진심으로 사죄

드립니다" 라고 연신 고개를 숙였다.

회사에 원망이 가득한 유족들과 보상금을 조율하고 도장을 찍으며 공증을 받는 과정은 서류상의 절차였지만, 그 이면에는 산산조각 난 한 가족의 슬픔이 도사리고 있었다. 합의를 위해 마주 앉은 고인의 가족들은 내게 매달리듯, 때로는 협박하듯 고인이 마지막으로 숨을 거두던 그 순간의 기록을 보여 달라고 집요하게 요구했다. 유족들이 그 기록을 보는 순간, 평생 지울 수 없는 잔상이 그들을 괴롭게 할 것임을 알았기에 나는 단호하지만 떨리는 목소리로 그들을 만류했다.

"보지 않으시는 게 좋겠습니다. 제발 부탁드립니다. 그것이 고인에 대한 예의일 수도 있습니다."

유족은 마지막 순간을 확인하고 싶다고 거듭 요구했다. 나는 절차상 내가 할 수 있는 것과 할 수 없는 것을 설명하며, 필요한 확인은 법과 절차에 따라 진행될 수밖에 없다고 말했다. 그날 내게 남은 것은 기록이 아니라, 그들의 울음과 내 무력감이었다. 괴로웠다. 차라리 뺨이라도 한 대 시원하게 맞았어야 했다. 그랬다면 내 마음이 이토록 검게 타버리지는 않았을 텐데. 회사가 명한 임무를 완수했다는 안도감보다, 못할 짓을 저질렀다는 죄책감이 독처럼 내 몸에 퍼져 나갔다. 나는 그날, '전문가'라는 이름 뒤에 숨어 가장 비겁한 가해자가 되어 있었다.

징계 대상자들은 예상대로 노동위원회에 진정을 넣었다. 나는 이 싸움이 얼마나 길고 복잡한 이해관계 속에서 법리를 다투어야 하는지를 알고 있었고, 실패할 경우 대표와 나를 위해서라도 전략적인 접근과 명분이 필요했기 때문에 노무사를 고용하자고 제안했다. 평소 내가 존경하던 대표는 나지막이 대답했다.

"어차피 이팀장 보고서에도 장단점이 잘 분석되어 있잖아. 복잡하게 하지 말고 이 팀장이 직접 대응하는 걸로 합시다."

그 한마디는 내게 단순한 업무 지시가 아니었다. 그것은 거대한 조직 안에서 실무자가 느낄 수 있는 가장 밑바닥의 고립감이자 허탈함이었다. 과거의 경험에 비추어 보아도, 극악의 상황에 몰리면 상급자가 책임져 줄 것이라는 기대는 하지 않았다.

모두가 퇴근한 서울 사무실, 중앙 제어 공조 시스템이 꺼진 뒤의 여름 밤의 정적은 끈적하고 무거웠다. 가끔 지방 공장 사무실에서 밤을 지새울 때면 창밖의 개구리 소리가 고막을 찢을 듯 극성이었고, 개구리 소리가 없는 사이사이 들려오는 지게차의 '삑, 삑' 하는 후진음은 나를 더 지치게 했었다. 누군가의 생명을 앗아간 그 기계적인 소리가 밤공기를 타고 들려올 때마다, 나는 내일 아침 책상 위에 한 알 한 알 쌓이게 될 공장의 먼지를 떠올렸다. 모래시계를 엎어놓은 듯, 창밖의 어둠은 사무실로 쏟아져 들어왔고 내 마음도 그 어둠을 따라 검게 물들어갔다.

나는 노무사보다 더 완벽한 답변서를 써내야 한다는 강박에 시달렸다. 사건 처리의 절차상 하자가 조금이라도 발견된다면, 이 모든 비극의 책임은 오롯이 나에게 귀결될 것이기 때문이었다. 작업 지시 위반, 주의 의무 태만… 누군가의 과실을 집요하게 찾아내 문장으로 박제할 때마다, 나는 나를 부정하고 있었다. 나는 지금 회사를 지키는 것인가, 아니면 나라는 사람의 본질을 깎아 먹고 있는 것인가. 그 밤에 내가 쓴 것은 회사의 답변서가 아니라, 나라는 인간의 비겁한 생존 기록이었다.

　노동위원회 결과는 예상에서 크게 벗어나지 않았다. 절차의 문제와 판단의 기준이 갈리면서, 결론은 복잡했고 그 과정에서 조직이 한 사람의 삶을 얼마나 쉽게 희생양을 만드는지 뼈아프게 보여주었다. 노동위원회 결정 이후 외부의 압박은 한층 누그러졌지만, 후속으로 진행된 책임자 조치는 회사에서 신입이던 내게 부메랑이 되어 고립감으로 돌아왔다.

　그 끔찍했던 여름이 지나고 세월이 흘러, 나는 이제 강단에 서 있다. Y대학교 미래교육원에서는 'HR/ER 전략 전문가'들을 만나고, P대학에서는 학생들에게 '개인정보보안실습'을 가르친다.

　나의 강의는 법조문을 읽어주는 지식 전달이 아니다. 그것은 그 밤, 공조 꺼진 사무실에서 내가 온몸으로 겪어낸 '고통의 해석'이다. 나는 학생들에게 말한다. 인사/노무 전략이란 단순히 시스템을 구축하는 것이 아니라, 그 시스템이 인간의 얼굴을 가리지 않게 하는 치열한 싸움이라고. 내가 징계위원회에서 시선을 잃어버렸던 비겁함과 유족 앞에서 무력함을 고백할 때, 학생들의 눈빛은 몰입이 깊어지고 높아진다. 이론으로만 무장한 강사는 줄 수 없는, '현장의 진실'이 그들의 가슴에 가 닿기 때문이리라.

　협상학 수업 시간에도 나는 그날의 기억을 꺼내 든다. 진정한 협상은 상대의 패를 뺏는 것이 아니라, 조직과 개인 사이의 거대한 힘의 비대칭 속에서 어떻게 '나다움'이라는 마지막 보루를 지켜낼 것인가에 대한 실존적 문제라고.

　개인정보보안 실무를 가르칠 때도 마찬가지다. 나는 데이터의 보안보다 앞서 '존재의 존엄과 조직내 커리어'를 이야기한다. 한 사람의 삶이 기록된 정보가 얼마나 엄중한 무게를 갖는지, 나는 그

사고의 밤을 통해 뼈저리게 배웠기 때문이다.

이 글을 쓰지 않았다면, 나는 나를 오해한 채 살아갔을지도 모른다. 이제야 나는 그 날 밤의 나를 용서한다. 그때의 나는 비겁했던 것이 아니라, 그저 살고 싶었을 뿐이다. 그리고 그 생존을 향한 처절한 노력이 지금의 나를 만드는 가장 단단한 거름이 되었음을 인정한다. 이기적인 사회가 보편화되었다고 해서 우리까지 이기적일 필요는 없다. 오히려 모두가 가면을 쓸 때 투명함을 선택하는 것이, 가장 강력하고도 지속 가능한 커리어 전략임을 나는 이제 확신한다.

이 책을 통해 나는 세상에 나의 또 다른 명함을 내민다. 이 명함에는 화려한 경력만이 적혀 있지 않다. 내가 무너졌던 순간들, 양심의 가책으로 잠 못 이루던 밤들, 그리고 그 어둠을 뚫고 나온 투명한 진심이 새겨져 있다.

나는 더 이상 시스템의 부속품으로 살지 않는다. 나는 이제 '이율권'이라는 나의 이름으로 세상과 마주한다. 나의 실패와 상처가 누군가에게는 다시 일어설 용기가 되고, 누군가에게는 올바른 인사노무전략의 이정표가 되기를 바란다. 나는 오늘, 나라는 사람을 내 삶의 주인으로 다시 고용했다. 그리고 그것만으로도 나는 충분히 작가라 불릴 자격이 있다.

프로필

- 경영학 석사
- 현)연세대학교 미래교육원 책임강사, 한국폴리텍대학 강사
- 현)다시봄 대표, 달란트 컨설팅 그룹 시니어 컨설턴트
- 전)금융, 제약, 리테일, 제조 외국계 기업의 인사 노무 매니저

Miriam의 꽃길여행

정 성 원

Good morning
아침에 눈을 뜬 미리암이 말했어요
"오늘 진짜 여행가는 거야?"
댄서들이 말했어요
"특별한 여행을 떠나자."

"준비됐어?"
무희들이 물었어요.
"오늘도 행복한 여행이 될 것 같아."
미리암이 기쁜 마음으로 대답했어요.

미리암이 꽃길산책을 했어요.
미리암은 궁금한 것이 많았어요.
"이건 무슨 꽃이야?"
"이 꽃은 튤립이야. 미리암처럼 예쁘지?."
"이 꽃 이름이 뭐야?"
"아 그건 장미란다.
장미도 미리암처럼 여러 가지 색을 갖고 있는 거야."

미리암이 나비 공원에 왔어요.

많은 친구들이 있어서
신나게 디스코를 추며 놀았어요.
친구들인 안나와 주디와 함께 있으니까
미리암은 더 행복했어요.

동해바다 따뜻한 햇살과 시원한 파도소리를 들으면서
부드러운 모래 위에 자리 펴고
낮잠을 잤어요.
“잠시 쉬고 집으로 돌아갈 거야.”
미리암이 소로록 잠이 들었어요.

용인 집에 돌아온 미리암이
오늘 있었던 즐거운 시간을 그림으로 남겼어요.
“오늘 여행은 너무 행복했어.”

“미리암이 행복했으면 그걸로 만족해.
좋은 꿈꾸고 내일 또 만나자”
Good night.

거북이는 알고 있었다

원래 없던 것에 대한 불편함은 없어
갖고 있는 능력에 집중해.

내가 천천히 가는 것을 틀렸다고 말하지 마
쉬엄쉬엄 가는 거북이가 토끼를 이겼으니까
빠르지 않아도 쉬지않고 걷다보면
원하는 곳에 도착하게 돼.

내가 너희들과 달라 보여? 비교하지 마
너랑 다른 나만의 개성이야.

내가 화가라서 대단해 보여?
내가 너보다 먼저 그림을 그렸을 뿐이야
너도 충분히 할 수 있어.

내가 가는 길은 하나가 아니야
다른 길을 여러 가지 방법으로
붓을 통해 화폭에 보여주려고 애쓰고 있어.

내게 용기를 내라고 말하지 마

나는 이미 내가 가진 용기를 보여주고 있어.

세상의 평균이 뭐야?
나는 늘 평균 밖에서 살아.

나는 매일매일 그림을 그리며 살아가고 있어
걱정하지 마 천천히 그려도 쉼없이 그리다보면
내 그림은 완성되니까.

- 발달장애인 화가, 그래픽디자이너, 장애인식개선강사
- 강남대학교 미술치료학과 대학원 재학중
- 한일수교 60주년 한일교류전 참가
- 개인전 8회 국내외 단체전 초대전 다수

태백산맥을 넘으며

정 재 헌

나는 토목엔지니어링 설계사다. 대학에서 토목공학을 전공했고, 17년째 설계만 해온 외길 인생이다. 남들은 길을 닦는 사람이라고 쉽게 말하지만, 나는 늘 생각했다. 길은 그냥 생기지 않는다고. 누군가의 계산과 고민, 수없이 지웠다 그은 선 위에서 비로소 만들어진다고.

선배들에게 설계를 배울 때 나는 아주 사소한 것 하나도 허투루 넘기지 않으려 애썼다. 도면의 숫자 하나, 선 하나에도 반드시 이유가 있다는 것을 배웠기 때문이다. 왜 10이 아니라 9.8인지, 왜 직선이 아니라 곡선인지, 왜 여기에는 여유를 두고 저기에는 여유를 두지 않는지. 그 이유를 묻고 또 물으며 나는 조금씩 설계사가 되어갔다. 설계는 성격을 닮는다. 성급하면 오차가 생기고, 자만하면 균열이 생긴다. 그렇게 나는 조심스러운 사람이 되어갔다.

회사를 다닌 지 5년쯤 지나 대리 직급을 달았을 때, 나는 속으로 다짐했다. 언젠가는 선배들을 넘어설 만큼의 실력을 갖추겠다고. 후배들이 내 도면을 보며 배울 수 있을 정도가 되겠다고. 그 다짐은 말이 아니라 시간으로 쌓였다. 야근의 시간, 끝없이 반복되는 수정 작업, 다시 그은 선과 고쳐 쓴 숫자들이 나를 단단하게 만들었다. 사무실 불이 하나둘 꺼진 뒤에도 홀로 남아 모니터를 바라보던 밤이 적지 않았다. 그 시간들이 쌓여 지금의 나를 만들었다고 믿었다.

그러나 월급쟁이 생활이 반복되자 마음 한 켠이 무거워졌다. 정해진 월급, 정해진 자리, 정해진 역할. 실력은 쌓이는데 삶은 제자리인 것 같은 기분. 그때쯤 새로운 제안이 찾아왔고 나는 흔들렸다. 2016년, 결국 개인 사업을 시작했다. 사무실을 얻고 간판을 달던 날, 나는 오래 묵은 껍질을 벗는 기분이었다.

처음은 순조로웠다. 일도 잘 풀렸고 수입도 안정적이었다. 거래처와의 관계도 원만했다. 설계 도면 위에서뿐 아니라 삶에서도 내가 중심에 서 있는 느낌이었다. 결정은 내가 했고, 책임도 내가 졌다. 두려웠지만 자유로웠다. 그 시기에 딸이 태어났다. 작고 따뜻한 아이를 품에 안았을 때, 나는 비로소 한 사람의 아버지가 되었다는 사실을 실감했다. 아이의 손가락은 믿기지 않을 만큼 작았고, 그 작은 손이 내 손을 붙잡는 순간 나는 더 이상 흔들릴 수 없었다. 인생이 단단해지는 느낌이었다. 가장으로서, 사업가로서 나는 성장하고 있다고 믿었다. 아이에게 부끄럽지 않은 아버지가 되겠다고 다짐했다.

하지만 코로나를 지나며 상황은 급변했다. 현장은 멈추고, 발주는 줄고, 계획은 연기되었다. 2022년 즈음, 일거리가 눈에 띄게 줄었다. 고정비는 그대로인데 수입은 줄었고, 결국 빚이 생겼다. 사무실 불을 끄고 혼자 남아 장부를 들여다보던 밤이 길어졌다. 계산기를 두드리다 멍하니 창밖을 바라보는 시간이 늘어났다.

'조금만 더 버티면 나아지겠지.'

그렇게 스스로를 다독였지만, 숫자는 거짓말을 하지 않았다. 나는 다시 월급쟁이로 돌아가야 할 시점에 서 있었다. 유난히 더웠던 2022년 8월, 나는 동해로 향했다. 홍천에서 동홍천 나들목으로 들어가 인제를 지나 긴 터널을 통과하면서 문득 이런 생각이 들었다.

'내가 새 삶을 위해 태백산맥을 넘는구나.'

그것은 단순한 이동이 아니었다. 하나의 시대를 넘는 기분이었다. 자존심을 내려놓고 다른 길을 택하는 순간. 창밖으로 스쳐 지나가는 산 능선이 유난히 높아 보였다. 마치 내 고집처럼, 내 자존심처럼.

영서 지역의 엔지니어링 회사에는 친한 선배들이 많았다. 개인사업을 하다 다시 월급쟁이가 되었다는 말을 듣고 싶지 않았다. 괜히 스스로 초라해질 것 같았다. 그래서 일부러 영동으로 향했다. 연봉을 가장 높게 준다는 회사에 면접을 보았다. 조건은 좋았다. 팀장 자리였다. 직함도, 보수도 나쁘지 않았다.

그러나 돌아오는 길, 마음 한쪽이 무거웠다. 개인사업 6년의 자유로운 습관이 조직 속에서 과연 잘 녹아들 수 있을지 스스로에게 물었다. 다시 누군가의 결정을 기다리는 사람이 될 수 있을까. 면접을 마치고 예전 동료에게 전화를 했다. 알고 보니 그 친구는 동해에서 회사를 운영하며 팀장을 맡고 있었다. 전후사정을 듣더니 그는 말했다.

"우리 회사로 와."

짧은 말이었다. 그러나 그 안에는 오래된 신뢰가 담겨 있었다. 계산보다 사람이 먼저인 제안이었다. 그렇게 나의 동해 생활이 시작되었다.

업무는 아침부터 늦은 밤까지 이어졌다. 설계용역에서 절대공기는 생명이다. 착수일과 준공일은 반드시 지켜야 할 약속이다. 일이 몰리면 밤 9시, 10시 퇴근은 기본이었다. 건물 안이 조용해지고, 불 꺼진 복도를 혼자 걸어 나올 때면 묘한 고독이 밀려왔다. 시간은 늘 빠듯했고, 마음도 그만큼 조여 왔다. 금요일이면 가족이 있는 홍천으로 향했다. 고속도로 위에서 나는 늘 두 사람이 되었다. 한 사람은 설계부 부장이었고, 다른 한 사람은 딸을 가진 아빠였다. 일요일 오후, 다시 동해로 돌아오는 길은 늘 마음이 무거웠다. 딸아이가 "아빠 또 가?" 하고 묻는 목소리가 오래 남았다. 그렇게 주말부부의 생활이 이어졌다.

2024년 봄, 빚을 정리하기 위해 홍천의 삶을 정리하고 가족을 동해로 불러들였다. 학교에 입학한 지 한 달 된 딸은 전학을 했다. 어린아이에게는 큰 변화였을 텐데, 아이는 아무 말 없이 적응하려 애썼다. 아내와 아이의 결단이 없었다면 쉽지 않았을 선택이었다. 우리는 다시 한집에 살게 되었다. 야근은 여전했지만, 주말이면 바닷가를 함께 걸을 수 있었다. 모래 위에 남겨진 세 사람의 발자국을 보며 나는 비로소 숨을 고르는 기분이었다. 그 사건이 있기 전까지는.

　2025년 6월, 내가 맡은 프로젝트의 주민설명회가 열렸다. 방파제 경관조성 공법을 두고 의견이 엇갈렸다. 기존 안은 반대에 부딪혔고, 나는 대안으로 콘크리트 패널을 스테인리스 철물로 고정하는 방식을 제안했다. 설계자로서 충분히 검토한 선택이었다. 주민들의 반응은 좋았고 동의도 빠르게 이루어졌다. 그날만큼은 안도의 한숨을 내쉬었다.

　그러나 회의가 끝난 뒤 내부에서 이견이 제기되었다. 기술부 이사는 너울성 파도를 언급하며 안정성 문제를 지적했다. 하지만 이미 동의서가 발주처에 제출된 상황이었다. 돌이킨다는 건 누군가가 책임져야 할 일이었다. 그 순간부터 회사 공기는 달라졌다. 나는 설계부 부장으로서 해명을 요구받았다.

　"공기라든가, 주민 동의 등을 고려해 도출한 멋진 아이디어라고 저는 생각했습니다."

　최선을 다한 선택이라는 주장에도 회사는 나를 의심하기 시작했다. 공법사와 결탁했다는 말까지 흘러나왔다. 그 말을 들었을 때, 가슴 어딘가가 무너지는 소리가 났다.

　그뒤 나의 일상은 보고 대상이 되었고, 책상은 출입문 가까이로 옮겨졌다. 사소한 자리 이동이었지만, 의미는 분명했다. 스스로 알아서 나가라는 거였다. 모든 프로젝트에서 배제되었다. 출근해 자리에 앉아 있지만 맡은 일이 없었다. 키보드를 두드릴 일도, 검토할 도면도 없었다.

　그 공허함은 야근보다 더 힘들었다. 명치가 답답했고 이명이 생겼다. 밤이 되면 가슴이 두근거렸다. 해결책을 가져오라는 지시를 받았지만 결론은 쉽게 나오지 않았다. 버티라는 말도 들었다.

나는 가장이었다. 무너진 얼굴로 가족 앞에 서고 싶지 않았다. 아이의 눈을 피하는 아버지가 되고 싶지 않았다. 12월 30일, 긴 면담 끝에 돌아온 말은 짧았다.

"내일까지 정리하세요."

허무했다. 태백산맥을 넘어 정착하려 했던 시간의 끝이 하루였다. 수많은 야근과 바닷가의 기억이 그렇게 순식간에 정리되었다.

2026년 1월 1일, 사람들이 해돋이를 본다고 동쪽으로 이동할 때 나는 서쪽인 고향 홍천으로 향했다. 일자리 신문을 들고 살 집을 알아보기 위해 부동산을 찾았다. 이사와 전학은 생각보다 빠르게 진행되었다. 물은 높은 곳에서 낮은 곳으로 흐른다. 억지로 막을 수 없다. 삶도 그와 비슷하다는 생각이 들었다.

다행히도 지금은 사는 곳 인근에서 야근 없는 직장을 다닌다. 출근은 이르지만 저녁은 가족과 함께한다. 아이의 하루를 듣고, 아내와 마주 앉는다. 웃음이 오가는 식탁은 조용하지만 따뜻하다. 그 시간이 나를 다시 세운다.

이번 명절 연휴, 친구가 물었다.

"동해에서 3년 넘게 있었는데 그 시간이 아깝지 않아?"

나는 잠시 생각하다가 웃으며 답했다.

"우리 딸과 아내와 함께 살잖아. 난 좋아."

태백산맥을 넘는 동안 나는 자리와 명함을 잃었다. 그러나 가족과 함께하는 저녁이 있는 삶을 얻었다.

설계는 여전히 나의 일이다. 나는 여전히 숫자를 계산하고 선을 굿는다. 다만 이제는 안다. 내가 가장 오래, 설계하고 가장 튼튼하게 지켜야 할 구조물은 우리 가족이라는 것을.

오늘도 퇴근 후 저녁 식탁에 온 가족이 모여 담소를 나눈다. 나는 그 풍경을 바라보며 생각한다. 이보다 더 정밀한 설계는 없다고. 이보다 더 단단한 구조물도 없다고. 태백산맥도 우리 가정보다 무겁고 단단하지는 않으리라.

- 토목엔지니어링 설계사로 17년간 근무중이다
- 개인사업과 조직 생활을 모두 경험하며
- 현장과 사무실을 오가면서 삶의 구조를 관찰해왔다
- '일과 인생의 구조'를 기록하는 작가가 되고 싶다

수애의 검은 가방

차 경 란

　학교의 12월은 1년 농사를 마무리하듯 학생들은 학생들대로 교사들은 교사들대로 평가와 정리를 하며 각자의 지나온 시간들을 돌아보며 한 발 더 나아갈 준비와 맞이할 새 학년 준비를 하는 시간이다.

　지난해 12월 초 도서부원 선발 공고를 내고 4~5학년 중에 책 읽기를 좋아하고, 도서관 행사 봉사활동에 관심이 많은 학생들 선발을 위해 기존 도서부원들이 3일간 등굣길 홍보를 진행했다. 그리고 도서부 지원 서류가 접수되었는데, 평소 도서관 눈도장을 자주 찍던 학생들이 지원을 하는 대신 익숙지 않은 이름들이 접수되었다. 생각보다 많은 학생들이 지원했으나 내가 탐내던 학생들 이름은 보이지 않았다.

　졸업생을 빼면 기존 도서부원 2명과 신규 10명 정도 학생을 선발해야 하는데 면접을 한 결과 아무래도 10명은 무리였고 남녀 비율을 맞춰보고자 했으나, 운동부 학생 지원을 제외한 후 학원시간을 맞추기 어려운 학생을 제외하고, 친구 따라 장난으로 지원한 학생을 제외하고 나니 선택의 여지없이 9명이다. 남자 1명에 여자 10명으로 총 11명 최종 도서부원으로 합격자 발표를 해야만 했다.

　4학년 부장 선생님은 도서부 합격 학생 명단을 본 후, 도서관이

나 책과 전혀 가깝지 않은 학생들이 도서부원으로 선발된 것을 의아해하며 위로의 말씀까지 하셨다. 담임 선생님 추천으로 선발된 학생 2명을 제외하면 1차 서류심사, 2차 면접을 하면서도 그림이 그려지지 않았다.

도서관 석면 제거 공사로 인해 3월에 개학을 했으나 도서관은 바로 개방할 수 없는 상황이어서 도서부원들에게만 도서관을 개방하고 3주간의 긴 오리엔테이션을 실시했다. 불행 중 다행인 것은, 신학기에 이렇게 긴 시간 도서부 오리엔테이션을 할 수 있어서 이번 도서부원들에게는 더없이 좋은 행운의 기회이기도 했다는 점이다. 1:1로 도서관 오픈 매뉴얼에서부터 도서관 프로그램 검색, 대출·반납 업무 그리고 십진분류표에 따라 청구기호로 서가 배열, 분류 이론까지 가르쳤다. 시간적 여유가 있어 다행이라고 생각한 나의 생각과 반대로 기존 도서부원들이 지쳐서 못 하겠다고 자꾸만 투덜거리는 소리가 들린다.

아이들에게 책가방을 사물함에 두고 서가에 들어가라고 했지만, 신규 도서부원인 6학년 수애는 크로스 검정 가방을 한 몸인 듯 내려놓지 않고 아무렇지도 않게 그대로 메고 서가 사이를 돌아다닌다. 도대체 그 검정 가방을 도서관에서 누가 가져간다고 저러는 걸까? 몇 번을 잔소리처럼 이야기해도 들은 척을 하지 않는다. 고민 끝에 도서부원 각자에게 1인 1 역할로 요일별 담당 업무를 지정해주었다. 가은이는 데스크 대출·반납, 영이는 그림책 읽어주는 담당, 민준이와 수애는 생활지도 담당으로. 이렇게 생활지도 담당으

로 수애에게 역할을 주면 모범적으로 먼저 책가방을 내려놓을 것
이라는 생각을 했다. 도서관 이용 예절 지도를 하기 위해서는 입구
에서 책가방을 사물함에 넣고 실내화를 갈아 신고 조용히 들어오
도록 지도하는 역할이라 자연스럽게 검정 가방을 내려놓으리라 생
각한 바다.

그러나, 3월, 4월 그리고 7월 여름방학 때까지도 수애는 검정 가
방을 한 번도 몸에서 떼지 않았다. 급식실 갈 때도, 화장실 갈 때
도, 교실에서 수업을 들을 때조차도 그 검은 가방을 몸에서 분리하
지 않았다. 이젠 학급 친구들도 익숙해져서 수애의 가방을 자연스
럽게 그러려니 하며 익숙해지고 있었다.

"수애야! 검정가방 계속 메고 있으면 네 어깨도 힘들어. 몸도 편
하게 쉴 수 있는 시간을 줘야지. 선생님한테 말해줄 수 있을까? 왜
가방을 계속 메고 있는지?"

보다 못해 물었지만 수애는 한동안 말이 없었다. 그러다 조심스
럽게 입을 열었다.

"저는… 가방을 메고 있어야 마음이 편해요."

"그래? 집에서도?"

"아뇨. 집에 가서는 내려놓아요."

"그럼 학교에서는 왜?"

"집 밖에서 가방이 없으면 불안해요. 누가 가져가면 어떡해요?"

"가방을 누가 가져갈 것 같아서?"

"네… 가방이 제 몸에 붙어 있어야, 저는 그 가방의 힘으로 제가
버틸 수 있어요."

수애는 숨을 고르고 말을 이어갔다.

"제 가방은 그냥 가방이 아니에요. 저를 지켜주는 거예요."

"……."

"가방이 없으면 저는 아무것도 할 수 없어요."

나는 잠시 말을 고르다가, 수애에게 이렇게 한마디만 남겼다.

"수애야! 학생이 학교에서 친구들과 선생님을 믿지 못하면 누굴 믿겠니?"

그 후 나는 시간을 가지고 지켜보며 관심의 끈을 놓지 않았다.

우리 학교는 여름방학 도서관 개방을 앞두고 담당 교사들이 윤번제로 도서관을 운영했다. 마침 도서부원 학생들이 매일 아침 도서관 문을 개방하는 역할을 자율적으로 하겠다고 하여, 책도 읽을 겸 교육적으로 긍정적인 면이 있다고 판단하여 지원자에게만 담당 일정을 짜고자 했다. 그런데, 집도 가깝지 않은 수애가 3~4일씩 자신이 도서관 문 여는 역할을 하겠다고 선뜻 지원하여 도서부원들은 의아했다.

알고 보니, 수애는 영이와 가깝게 지냈으며 영이가 2년에 걸쳐 도서부 홍보 활동 하는 것을 눈여겨보았고, 평소 도서관 이용도 거의 하지 않았지만 도서부 신청을 하여 도서부원이 되었던 것이다. 1학기 동안 도서부 활동을 하면서도 수애는 누구와도 잘 섞이지 않는 학생이었고 도서부 활동을 어려워하는 듯 보였는데, 생각 외로 여름방학 활동을 적극적으로 참여하겠다는 것이다. 책을 좋아하지도 않고, 책 읽는 것 또한 익숙하지 않은 학생인 수애에게 자꾸 관심의 마음이 찾아갔다. 도서관에서 남학생들에게 가끔 한 마디씩 하는 수애의 거친 말은 내 가슴을 쓸어내리게 했고, 나는 못 들은 척 얼른 돌아설 때도 있었다. 나는 여름방학에 도서관 문 여는 도서부원 당번 역할을 잘 마무리한 당번들에게 개학 후 선물과 함께 칭찬을 폭풍처럼 해 주며 수애에게도 각별히 마음을 챙겨 주었다.

방학 중 1학년 부장 선생님이 당번일 때의 일이다. 크로스 가방을 멘 어떤 도서부 학생이 도서실에 와서 1학년 부장 선생님께 "더운 날씨에 수고가 많으세요!" 하며 갑자기 시원한 아이스크림을 사 가지고 와서 먹으라고 주어서 말도 못 하고 얻어먹었다는 것이다. 이 이야기를 듣고 난 터지는 웃음을 참을 수가 없었다. 그 후 수애는 교사들 사이에 "크로스 가방"이란 애칭으로 통하게 되었다. 수애는 이처럼 어린애 같지 않은 행동과 사춘기를 한참 지나간 듯한 어른스러운 말투, 그럼에도 시시때때로 교실의 수업이 힘들어 보건실을 자주 찾아가는 아이였다. 상담실 선생님이 관리하는 아이 중의 한 명이기도 했다.

수애가 학교에서 찾아가는 곳은 교실 외에 상담실-보건실-도서실로 동선이 파악되었다. 상담 선생님도 수애의 그 검은 가방을 보면서 상담을 했고, 급식을 제때 먹지도 않고 머리 아프고 배 아프다고 참새방앗간 찾아가듯 찾아가는 보건실 선생님 또한 수애의 검은 가방을 나처럼 보고 있었다.

하루는 점심시간 보건 선생님이 나를 보며 묻는다.

"선생님! 수애가 도서부 학생이죠? 수애의 검은 가방 한번 들어 보셨어요?"

"아뇨. 선생님은 들어 보셨어요?"

"배 아프다고 자주 오는 수애에게 매번 소화제만 처방할 수 없어 진찰한다는 핑계로 가방을 내려 보자고 했는데 안 된다고 해서 메고 있는 상태에서 배를 만지며 한 손으로 살짝 가방을 들어봤어요. 그런데, 너무 무거워서 들을 수가 없었어요. 집 나온 애처럼 수애 생활 속 모든 것이 다 담겨 있는 것 같아요."

보건 선생님의 "집 나온 수애의 생활 속 모든 짐"이라는 말에 가슴이 철렁하고 먹먹한 어떤 무거움이 나를 누르는 듯했다.

그날 이후 나는 수애가 점심을 먹든 안 먹든 점심시간에는 무조건 도서실로 오라고 했다. 수애가 마음 열기를 기다리기 전에 이젠 내가 먼저 수애의 이야기를 들어봐야 할 것 같은 안타까움이 마음 속에서 나를 재촉했기 때문이다. 내가 점심을 먹고 오면 수애는 점심도 먹지 않고 벌써 도서실에 와서, 혼자만의 시간을 지키고 있는 날이 빈번했다.

"오늘은 밥 먹었니?"

모른 척하고 물으면 대답은 이거다.

"아뇨? 맛이 없어서요. 속이 쓰려서요."

항상 대답은 반복적이었다. 그리고 나는 점점 생활 속 이야기를 주제로 이끌어 내어 수애의 이야기를 들어주기로 했다. 학교 끝나고 어디 가니? 저녁은 몇 시에 먹니? 주말에는 뭘 하니? 주말에 뭘? 먹었니? 어디에 갔었니? 이런 소소한 질문 끝에 수애는 하나 둘 자신의 이야기를 시작하게 되었다.

주말에 게임을 밤새고, 라면을 먹고, 하루 종일 아무것도 안 먹을 때도 있고... 엄마는 미용실 일을 힘들게 하시기 때문에 수애는 자신이 자기를 돌봐야 한다는 것을 알고 있었다. 보습학원을 가는 시간을 제외하고 수애의 혼자의 시간은 밤낮을 가리지 않고 게임과 채팅이었다.

"수애야! 수애는 크면 어떤 사람이 되고 싶어?"

그러면서 이야기를 이끌어 내었다. 몸이 건강해야 뭐든지 할 수 있다는 말과 함께 희망이란 단어를 수애 앞에서 반복적으로 이야기했다. 그러던 어느 날 수애는 자신의 꿈을 이야기해 주었다.

"저는 어른이 되면 여군이 되고 싶어요!"

수애의 장래 희망이 여군이란 말을 들은 후부터 나의 수애만을 위한 잔소리가 시작되었다.

"여군 되려면 점심도 꼭 먹어야 해! 왜? 네가 군인의 꿈을 이루려면 몸이 건강해야 하는 거야! 12시 전에 잠을 꼭! 자야 해! 키도 크고 몸도 건강해야 나라를 지키는 군인이 될 수 있어! 자기 몸 관리도 제대로 안 되는 사람이 어떻게 나라를 지키는 군인이 될 수 있겠니? 그리고 밥은 의무감으로 먹는 거야! 선생님도 맨날 밥이 맛있어서 먹겠니? 내 몸을 지키기 위해서야. 내가 내 몸을 잘 지켜야 선생님으로서 책임과 의무를 다하며 너희들 앞에 매일매일 함께 할 수 있으니까."

그렇게 점심시간은 수애와 나와의 작은 수다 아닌 수다로 시작되었고, 다행스럽게도 수애가 급식을 하는 날은 점점 많아졌다. 그리고 매번 배 아프고, 어지럽다고 하는 수애를 위해 나도 용기를 내어 수애 어머니에게 전화를 걸기로 했다. 병원을 한 번이라도 가서 진단을 꼭 받아야 수애가 더는 불안해하지 않을 것 같아서다. 매번 보건실 약만 먹는 것은 아닌 것 같았다.

전화 통화를 통해 수애 건강 상태에 대해 이야기했다. 병원 한번 같이 다녀오시면 좋을 것 같다는 말과 함께 생활지도 상담과 수애의 도서부 동아리 활동에 책임감이 강한 아이라서 끝까지 자기가 맡은 일은 꼭 하는 아이라는 칭찬의 말까지 전해 주었다. 어머니 목소리를 듣고 통화를 하고 나니 나도 밀린 숙제를 한 것처럼 한결 안심이 되어 퇴근길이 얼마나 가벼웠던가.

그 후 수애에게는 많은 변화가 생겼다. 수애 삶의 모든 짐이 담겨 있던 검은 가방을 내려놓았다. 그 누구도 믿을 수 없다며 애착을 보였던 검은 크로스 가방을 이젠 도서실에서도, 급식실에서도, 보건실에서도 볼 수 없게 되었다. 그리고 며칠 전에는 수애가 엄마와 함께 동남아(푸껫) 해변으로 여행을 간다며 자랑을 했다. 그 푸껫의 여름! 따뜻한 바다를 보고 와서 수애는 한층 더 밝아지고 얼굴에 표정이 생기며 마음의 냉기가 녹고 있는 듯하다. 봄, 여름, 가을, 겨울 항상 긴팔 검은색 점퍼와 운동복만 입고 다니던 수애의 옷 색깔이 바뀌었다. 겨자색 오리털 파커를 입고 왔다. 또 언제 검은색으로 바뀌고, 계절을 잊고 살아갈지 알 수 없지만, 수애가 힘든 시간을 걸을 때 마침표가 아닌 쉼표를 찍으며 쉬어갈 수 있는 어른으로 성장해 나가길 바랄 뿐이다.

이렇게 학교도서관의 아침! 나의 카렌시아(휴식)의 문은 수애가 항상 먼저 열어 놓고 교실로 간다. 다음 주면 수애와 헤어지는 날이다. 어느덧 졸업식 날이 성큼 다가왔기 때문이다. 봄이 여름을 찾아가듯, 하루하루 삶의 순리대로 수애가 꿈과 희망을 찾아가길 바라본다. 이런 말을 수애에게 전하고 싶다.

"수애야, 선생님은 오늘도 이 도서관에서 도서관 지기를 나의 최선의 소임이라 생각하며, 책으로 너희들이 좋아하는 세상을 매일 찾아주며 지켜 나갈게. 너의 앞으로 펼쳐질 수많은 날들이 때로는 꽃길일 수도 있고, 힘든 사막길이 다가올 수도 있겠지만 너를 아끼고 사랑하며 응원하는 사람이 있다는 것 잊지 말고 기억하기를 바란다."

오늘도 도서관에서 히가시노게이고의 "소년과 녹나무" 그림책을 보며 수애의 그림자가 자꾸 아른거린다. 수애가 미래의 꿈을 찾아 걸어갈 수 있는 수애의 녹나무가 어딘가에 꼭! 있기를.

− 삽화 도서부 허가은 학생

프로필

- 영화초등학교 사서교사 차경란
- 도서관학,문헌정보학을 전공
- 서울,경기 수원 지역 초등학교 사서교사
- 미디어리터러시 정보활용 독서교육 전문가.
- 2025년 경기도서관 개관기념 "꽃을 보는 남자와 책을 보는 여자" 포토에세이집(비매품) 출간.

강만수 강민욱 고정욱 박
강민아 고정욱 박철희 오
강민아 고정욱 박철희 오
강민아 고정욱 박철희 오
강민아 고정욱 박철희 오
강민아 고정욱 박철희 오
강민아 고정욱 박철희 오
강민아 고정욱 박철희 오
강민아 고정욱 박철희 오
강민아 고정욱 박철희 오
강민아 고정욱 박철희 오
강민아 고정욱 박철희 오

초대 문인

강만수

강민아

고정욱

박철희

오만환

이규각

최영규

posthuman

강 만 수

인간 이후의 인간인 posthuman에서
무엇도 그 무엇도 아닌 건 무엇인지
흐드득 키드득 키키 키득키드득 거리면서
transhuman, artificial, artificial inteligence
사이보그 신경망을 통해 인공적인 것들이
검푸르게 보이기도 하고
샛노랗게 스쳐 지나가기도 하면서
울울한 참나무 옆을 서성이다 보면
굴빛부전나비 오후에 움직이는 것이 보인다
오래전 기억일까 그 기억들을 조작한 건지
부산스럽게 숲을 헤집고 날아서 움직이는
나비 5마리 6마리 7마리 11마리에서
artificial life, cyborg,
무엇도 그 무엇도 아닌 것들이 키들 키키들
극한에 봉착한 인간이
기계들 힘을 이용해 그 한계를 넘어서려는
그렇게 그날은 오후 17시에서 20시까지
인간 이후의 인간인 posthuman을 맴돌다
차가운 감성을 맛보며 시간을 보냈다
앞으로도 감흥을 느낄 수 있을진
예측불가라고 할 수밖에 없다

雪光

•83

눈(雪) 내려 발아래 쌓인다
눈빛(眼) 번득이며 눈을 바라보다

눈(雪)이 발하는 송곳 같은 빛으로 인해

일순간 눈(眼)이 찔려

순간 캄캄한 어둠이 찾아왔지만

눈(雪)으로 인해 다시 밝아진
눈길 위 자박자박 걸어서

북풍이 얼굴을 때리는 희붐한 새벽에
잔기침 내뱉으며 먼 길을 간다

눈빛이(雪) 아니라면 눈빛(眼)이라도 밝혀
반드시 가야만 하는 入隊 길이었기에

길냥이 마트

새우깡을 사러 나갔더니 마트 앞에 앉아 고양이가 졸고 있다
줄무늬 고양이 두 마리다 한 마리는 어미
다른 고양인 새끼다
고양이가 나를 보고서도 피하지 않고 빤히 쳐다보며 서 있다
길마트 주인 아주머니는 언젠가부터 가게 앞에 항상 앉아 있어
서
길냥이가 아닌 집에서 기르는 애완견처럼 자신들을 보게 되면
졸졸 따라다니면서 반긴다고 한다
그러다 보니 먹이를 주게 됐고
길냥이가 아닌 마트 고양이가 어느 순간 되고 말았다고
처음엔 임신해서 배가 불룩한 고양이를 내치지 못해
그저 그냥 그 자리에 놔두다 보니
냥이가 좋아하는 먹이를 챙기게 됐다고
1번 2번 3번 4번 5번 하루 이틀 사흘 나흘 먹이게 된 뒤부터는
이젠 늘 챙기는 일과가 되었다고
먹이를 주면서 어미가 새끼에게
사료를 먼저 먹이려고 뒤로 물러서서 새끼가 먹는 모습을
한참 동안 지켜서서 바라보는 모습도 자주 보게 된다고

짐승도 새끼에게 저렇게까지 하는데

인간들 중엔 저 고양이만도 못한 것들이 많다는 생각을 하게 됐
다고

아비가 자식을 마구 때리고 어미가 학대하는 뉴스를 보게 되면

에라 이 길거리를 떠도는 길냥이만도 못한 것들 같으니

에효 에에 에 비명과 절규도 아닌 앓는 소리가

일순간 절로저절로 튀어나오는 것 같다

냉장고에서 사과를 꺼내 새우깡과 뒤섞어 씹어먹다가 문득 으으
으응

고양이 2마리가 문 앞에서 우는 소리를 들은 것도 같고 아닌 것
도 같은

그런 저녁을 지나 어두컴컴한 밤에 마트 고양이 2마리 생각은
그만 접고

문득 또 다른 백색 냥이가 떠올라 문밖으로 나가보려다

거실 소파에 앉아 차가운 맥주를 벌컥벌컥 마신다

선지자

새카만 암흑 성운인지 밝게 빛나는 발광성운인지 절명과 절망을
구분하지 못하는
몇 마리 오리 새끼처럼 호숫가에서 삐약 삐약삐삐 삐약거리다

순간 앵무새와 청둥오리가 구분이 잘 되지 않은 상태에서
그는 앵무새와 청둥오리 등에다 매끈매끈한 콩기름을 칠했다

닷새 전 누군가 부르는 소리에 옆집 할머니인지 할아버지인지
분별이 되지 않아
할아버지 광대뼈에 들기름을 듬뿍 바르려다 말았다

나흘 전 옆집 여자가 네게 다가올 때 어느 날 집을 나가 떠돌아
다니다 사라져버린
앞집 여자 혹은 남자인지 구분이 되지 않은 연유로

여자 갈비뼈에 기름을 칠할 것인지 망설이다가 남자 갈비뼈에
참기름을 잔뜩 발랐다

사흘 전 앞집 아이가 걸어올 때 옆집 사내아이인지
앞집 계집아이인지 바로 알아보지 못한 채 일찍 집으로 돌아가

라고 말한 뒤

　계집아이를 낮은 소리로 불러 올리브유를 바르려다 말고 사내아
이 발등에만 발랐다

　붓을 쥔 채 동네를 돌아다니며 청둥오리와 앵무새 할아버지 광
대뼈와 할머니 갈비뼈에
　콩기름과 들기름 참기름과 올리브유를 몸에 들붓지도 못하고

　생각 없이 그저 붓질을 하기 위해 거리를 나다니다 보니

　몸이 지친 걸까 일상생활엔 고귀함이나 장엄함 그런 것들은 오
래전 사라졌다

　이제 주변에선 웃음을 볼 수가 없다 기름때에 절어 경쾌한 걸음
걸이가 사라진 까닭에
　그는 여전히 자신이 왜 사람들과 앵무새와 청둥오리에게 다가가
기름을 바르는 까닭을

　어떤 의문을 품지도 않고 기름통과 붓을 쥔 채로 오늘도 거리를

다닌다

　환한 대낮에도 세상이 어둡다면서 등불을 켜서 들고 다니던 오
래전 이 땅에 온 사내처럼

　그도 고향 땅에선 철저히 외면을 당했다

황도12궁

눈을 감았더니 게자리 물병자리 황소자리 양자리 물고기자리
0,8초 만에 어떻게 내가 그것들을 볼 수 있었는지 모르겠다
다시 눈을 감았더니 쌍둥이자리 염소자리 천칭자리 궁수자리
0,5초 만에 어떻게 내가 그것들을 볼 수 있었는지 모르겠다
또다시 눈을 감았더니 전갈자리 처녀자리 사자자리가 보인다
0,7초 만에 어떻게 내가 그것들을 볼 수 있었는지 모르겠다
수백만 개에서 수를 셀 수도 없을 정도로 존재하는 별들을
눈을 감게 되면 보이는 수많은 별자리들은 헤아릴 수가 없다

불완전한 피자

피자피자피자피자피자피자피지피자 하면서
치킨치킨치킨치킨치킨치킨치킨치킨 하면서

성운성운성운성운성운성운성운성운 하면서
하품하품하품하품하품하품하품하품 하면서
성단성단성단성단성단성단성단성단 하며서

그는 피자피자라고 말할 때마다 시를 쓴다
그는 치킨치킨이라고 말할 때면 시를 쓴다
그는 성운성운이라고 말할 때면 시를 쓴다

그는 하품하품이라고 말할 때면 시를 쓴다
그는 성단성단이라고 말할 때면 시를 쓴다

피자라고 말하지 못하면 시를 쓸 수가 없다
치킨이라고 말하지 못해도 그렇다
성운이라고 말하지 못하면 시를 쓸 수 없다
하품이라고 말하지 못해도 그렇다
성단이라고 말하지 못하면 시를 쓸 수 없다
그는 늘 피자와 치킨 성운과 하품 성단을

앞에 놓고 앉아서 마음이 살랑이는 소리에
귀를 기울인 뒤 지루하지 않게 그것들을
마구 풀어놓고 시를 쓴다 쓸 수밖에 없다

솔바늘

뜯어진 군청색 바지 무릎 부분과 허리를
오전 5시부터 12시까지 쉬지 않고 바느질을 한다

1시간 2시간 3시간 4시간 5시간 6시간 7시간
시간이 지나가는 줄도 모른 채

솔바늘로 꼼꼼하게 꿰맨다

이레 전부터 장롱에 쌓아놓은 해진 옷들과
하나 둘 셋 넷 다섯 여섯 일곱

줄무늬 와이셔츠 소매와 가슴에서 떨어져 나간
백색 단추를 찾아 제자리에 달고 있다

바늘허리가 똑 부러질 때까지
바느질을 멈추지 않을 것처럼

방바닥에 늘어놓은 알록달록한 옷가지들을

저 숲속에서 맑은 바람 소리 귀에 들어오고

청량한 물줄기 뿌리를 통해 초록 잎에 스며들 때까지

솔잎은 이어서 미색 재킷에서 떨어진
첫 번째 단추와 여러 개 단추를 쉼 없이 달고 있다

새파란 잎 위에서 번뜩이며 구르는 이슬을 꿸 것처럼

서글픈 회화

항구의 기억은 1이었던가 2 혹은 3 또는 ㅂㅅㄱㅁㄱ ㅂㅅㄱㅁ
ㄱ였던가
그곳에 대한 지나간 시간은 하나였다가 둘이었다 셋도 넷도 아닌

다방 옆 행인 1이었던가 2 혹은 3 또는 배에서 막 하선한 이들일까
영도국밥집 앞 행인 4이었던가 5 혹은 6 또는 배에 승선한 이들인지

그저 뱃전 주변을 맴돌면서 한가롭게 날아오르는 괭이갈매기 무리처럼
무심하게 지나간 기억 1과 2 혹은 3 또는 ㅂㅅㄱㅁㄱㅂㅅㄱㅁ
ㄱ를 불러내

저마다 짊어진 삶의 무게가 현재 상황과는 관계없다는 듯 사람들은
선술집으로 몰려가 얼룩진 식탁 주변에 둘러앉아 생선찌개에 소
주를 마시면서

시끌벅적한 온갖 소리 귀에 꽂히는 포구에서 생선 배를 가르는
아낙네를 뒤로한 채
어린 시절 유원지에서 백마 등 위에 올라타 그 어딘가를 향해 달
릴 것처럼

　포구와 갈매기 술병과 술잔 온갖 생선 가시들을 가슴속에 박힌
채 살아간다고
　삶 밖으로 떨어져 나간 감각들이 서글픈 회화처럼 우리들 머릿
속을 찌를 때면

　낯설고 혼란스럽게 다가온 그 외침들과 의미심장한 목소리를 즈
려밟고서
　추상적이고 흐느적거리던 정적인 공간을 서둘러 지우며 항구를
떠나온 시간들이

　방파제 앞을 서성거리던 1이었던가 2 혹은 3 또는 ㅂㅅㄱㅁㄱㅂ
ㅅㄱㅁㄱ였던가
　눈에 막 들어온 항구와 갈매기 선술집과 뱃사람에 관한 기억들을

　어금니로 콱 박아 넣을 것처럼 부산갈매기 ㅂㅅㄱㅁㄱㅂㅅㄱㅁ
ㄱ를 천천히 부르다
　물고기 파란 눈알을 닮은 1이었던가 2 혹은 3과 4 혹은 5와 6을
떠올렸다

편협한 일상

아파트 11층에서 문을 꽉 닫았다 밖으로 나가지 않겠다면서
아파트 10층에서 문을 꽉 닫았다 밖으로 나가지 않겠다고
아파트 14층에서 문을 꽉 닫았다 밖으로 나가지 않겠다면서
아파트 21층에서 문을 꽉 닫았다 밖으로 나가지 않겠다고
아파트 17층에서 문을 꽉 닫았다 밖으로 나가지 않겠다면서

그러다 11층에서 닫았던 문을 열고 30분도 되지 않아 나왔다
그러다 10층에서 닫았던 문을 열고 40분도 되지 않아
그러다 14층에서 닫았던 문을 열고 20분도 되지 않아 나왔다
그러다 21층에서 닫았던 문을 열고 35분도 되지 않아
그러다 17층에서 닫았던 문을 열고 15분도 되지 않아 나왔다

11층과 10층은 10분 차이 14층과 21층은 15분 차이로 나왔다
17층은 11층과 10층 14층과 21층을 비교해 보면 누구보다도 빠르게

방 안에서 뛰쳐나오지 못해 안달인 인간들처럼 서로를 밀어내면서
이것저것 따지지 않고 나가겠다는 건지 아줌마와 아저씨 아가씨와
윗집 총각들처럼 묻지도 따지지도 않고 그냥 됐다고 말을 마친 뒤
17층은 11층과 10층 14층 21층은 없다면서 사라지지 않는 것들은
세상에 없다고 단언한 뒤 미끌거리며 다가온 나약한 존재인 인
간들에게
삽시간에 무언가를 내뱉거나 빨아들일 것 같은 자세로 과감하게
말한다

황금빛 비행

솟구쳐 날아오르는 호반새 날개 뒤 볕기를
무표정한 흰눈썹황금새 황금색 가슴속에다
혹은 뾰족한 부리 옆에 감춰둔 걸까
볕살을 찾기 위해 눈을 반짝이며 살펴봤지만
날개 뒤와 부리 옆 아님 풀잎들 흔들림 사이
빛을 느낄 수 없고 그림자도 찾을 수 없어
몸이 붉은 호반새와 흰눈썹황금새 비행한 하늘과
바람에 강아지풀 일렁이는 소리만 들었다

칼국수를 불렀다

칼국수를 훌훌 씹어 삼키다 18시에서 17시로 되돌아간다
되돌아갔다고 생각했다 18시에서 17시로 돌아갈 수 있다고

－18시에서 17시

짬뽕을 훌훌 씹어 삼키다 13시에서 12시로 되돌아간다
되돌아갔다고 생각했다 13시에서 12시로 돌아갈 수 있다고

－13시에서 12시

라면을 훌훌 씹어삼키다 07시에서 06시로 되돌아간다
되돌아갔다고 생각했다 13시에서 12시로 돌아갈 수 있다고

－07시에서 06시

흘러간 저녁시간과 점심시간 아침시간을 모두 되돌릴 수 있다고
되돌아갔다고 생각했다 생각은 시간을 되돌려 움직이게 한다

웃자란 눈썹을 쳐올려 보다 사유의 힘은 어디 어느 곳까지
얼마만큼 쭉 뻗어 나갈 수 있는 건지 눈으로 그 숫자를 세고 싶다

칼국수를 먹기 전 분위기는 어땠을까 먹기 전 시간을 그린다
낮고 작은 목소리로 18 17 13 12 07 06을 부른다 음 불러 세운다

의미의 깊이

살이 투실투실하게 쪄 느릿느릿 움직이는 게으른 황금잉어처럼
정원에 오전 햇살이 비릿한 연못을 비추고

주변에 심어 놓은 화초들이 특유의 향과 함께 잎을 반짝거리면
언덕 위 서 있는 초록색 건물까지 그는 산책을 시작했다

길을 걷다 보면 붉은 장미가 긴 목과 어깨를 늘어뜨린 채
혓바닥을 날름거리면 삶의 흔적이랄 수 있는 불안과 좌절 등을

앞서서 밟아나가며 시간이 그려나가는 무늬를 되새겨 당기다 보면
오래전 짓다가 만 레스토랑과 유치원 건물이 눈에 들어왔고

그 뒤로는 완만한 경사를 오르게 되면 만날 수 있는 전나무로 이뤄진
그 빽빽함이 전해오는 서늘한 기운으로 인해 한기를 느꼈다

천천히 걸어서 산책을 마친 뒤 백구에게 소시지가 들어간 밥을 주었고
집 앞 커다란 웅덩이를 연못으로 만들어 꾸민 곳에 튀밥을 던져주면

주둥이를 크게 벌려 넙죽넙죽 받아먹는 잉어들을 바라보면서
그는 아내와 함께 삶은 감자와 계란과 함께 딸기잼을 식빵에 발
랐다

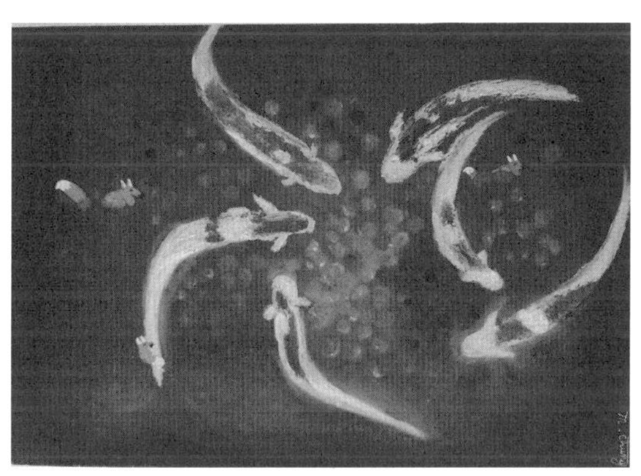

에릭 샤티

그 어디에도 얽매이지 않고 반항을 꿈꾸었던
자유로운 영혼의 소유자였던 에릭 샤티는
그 자신이 카페에서 만난 어느 평론가에게
자신은 짐노페디스트라고 소개했다고 한다
그후 3개의 짐노페디란 제목으로 세 곡을 작곡했다
19세기에 태어나 전통이란 말에 의해 박제된 음악이 아닌
누구도 흉내낼 수 없는 혁신을 시도한 작곡가였던 까닭에
당시 어떤 피아니스트도 그의 곡을 연주하지 않았으므로
파리 교외 퀴퀴한 냄새 코를 찌르는 낡은 건물 3층에 혼자 살면서
생계 때문에 검은 고양이 카페에서 피아노 연주를 했다

규범에 대한 강한 반발감으로 인해
일반적인 클래식 기법들을 깡그리 무시한 채
이런저런 형식과 전통에 얽매이지 않고
시적으로 드러낸 표현이 도도하다고 할까
자신이 추구한 세계를 변함없이 지킨
그의 음악 세계는 요즘은 있는 듯 없는 듯한
독창적인 분위기로 뉴에이지의 선구자라는 소리를 듣게 됐지만
기 승 전 결 중 결이 없는 작곡가의 강한 의지는
낭만주의의 화려함에 반발 단순하고 반복적인 음으로
내면 깊은 곳에서 울리는 슬프고 비탄스런 톤에서도

간결함에 순백함이 더해져 번득이는 투명한 감각이 돋보인다

러시안인 디아길레프가 창단한 뤼스에서 초연된
모든 방면에서 탁월한 만능 예술가이자 시인인 장콕토와
큐비즘의 창시자인 화가 피카소의 무대의상과 협업한
발레 퍼레이드에서 그는 오케스트라의 음향을 넘어서서
알람 벨과 호루라기 공포탄 같은 일상에서 겪게 되는 소음과
기계음을 의도적으로 연출 도시적이며 시끄럽고 복잡한
대중적인 요소를 삽입 아방가르드를 선도했다
어디선지 모르게 시작했다가 어딘지 알 수 없는 부분에서
종결 없이 끝나게 되는 형식적 완결을 거부한 선율로
그의 곡은 감정적 긴장감을 풀지 않은 상태에서
가슴속 깊이 파고드는 풍부한 음색과 높은 품격으로
다이나믹한 음의 상승과 하강 대신 정적인 상태를 보여준다
청중에게는 반복과 여백 또는 느린 템포에서 끊어지지 않고 사용된
1번은 라장조와 라단조 2번은 다장조 3번은 가단조로 이뤄진 음계로
반복된 여백에 드러난 농밀한 음은 깊은 명상심을 일으킨다
귀를 기울이다 보면 잔잔한 환희에 젖어 벅찬 감격을 느끼게 되는
그의 피아노곡인 짐노페디는 고요함 자체로 우리 앞에 다가온다

*짐노페디스트: 고대 스파르타의 축제인 짐노페디아에서 나온 말로 벌거벗은 젊은이들이 신들을 찬미하며 춤추던 의식을 가르키는 말이다. 에릭 샤티가 자신을 소개할 때 작곡가 또는 피아니스트라는 말대신. 자칭 짐노페디스트라고 말했으며. 모든 구속에서 벗어난 "벌거벗은 소년"과 같은 자유로운 예술가로 해석됨.

천안 M 氏

천안에 사는 M 氏 할아버지에게는 아들이 둘 있다
큰아들은 뚱뚱하고 키가 작았으며
막내아들은 키가 몹시 컸고 몸이 날렵했다

뚱뚱하고 키가 작은 큰아들은 딸이 둘 있었다
큰딸은 식탐이 몹시 심해서 늘 먹을 걸 손에 쥐고 있다
작은딸은 통 음식을 먹으려고 하지 않아 고민이다

키가 몹시 크고 몸이 날씬한 작은 아들은
아들과 딸을 하나씩 두고 있다
아들은 평소 말이 없고 영화감상과 독서광이었다
딸은 말이 많고 수다스러웠으며
빨간색 옷을 입고 노란색 구두를 신는 걸 즐겼다

살면서 참을 수 있는 것과 참을 수 없는 건 무엇일까
오랫동안 천안에 거주하고 있는 M 氏는
자식들을 키우면서 견딜 수 있는 건 무엇이고
견딜 수 없는 건 무엇인지를 깨우쳐 알게 됐다

손자들 삶까지는 걱정하지 말자고

단순한 희화화

H를 시간이 그늘 속으로 밀어 넣었다

그는 깊은 그늘이 삐걱거리는 소리를
어둠 속에서 얼결에 듣고 이 소리는 뭘까

어느 날 오선 10시 30분에서 11시 사이

그늘에 관해 할 말을 잃었던 것 같다
시간도 그에 관해 해야만 할 말을 잃은 걸까

벽 뒤에서 영검을 바라보다
10시 30분에서 11시를 받아들였다

침을 꿀꺽 삼키며 시간을 흔들어 30분 단위로

사내 앞에 급히 세운다면 시간은 울렁거릴까
찰리 채플린처럼 희희덕거리며 촐랑거릴까

보이지 않는 사물들을 30분 단위로 보려다
완전한 것과 완전치 못한 그 어떤 사이에서

어쩔 줄 모르고 그는 허둥거린다

가시적인 세계

도시가 거대한 빌딩 사이 비좁은 골목을 끼고
색과 향기 자동차 등 온갖 소음들을 뿜어낼 때

기념품 가게와 미희 꽃집과 미미 빵집 신문가판대는 영업 중이다

8월 무성한 플라타너스들이 그늘을 짙게 만들 때
길을 걷다 보면 사막에서 모래 위 새겼다 사라진 것 같은

해독 불가능한 괴상하고 기이한 기호처럼

지붕 장식과 발코니 쇼윈도 모자이크 유리창 등이 눈에 꽂힌다
이곳에 내리쬐는 햇빛은

종로에 드리워진 그늘 사이로 언뜻 무언가 일렁인다

10초 아니 15초 17초 정도 차이에
파랑과 노랑 빨강과 연녹색이 환영인지는 모르겠지만

파랑 노랑 빨강과 연녹색이 뒤섞인 현란한 움직임이
미세한 빛으로 내게 다가온 것 같다

그러다 카메라 렌즈에 드러난 빛과 색은 어떨까 싶어
한 대의 카메라가 아닌

공간을 통과한 뒤 보게 되는 시간의 결을 느끼기 위해

세운상가 계단을 밟고 올라 몇 대의 카메라를 설치한 뒤
빛과 색 그리고 시간을 천천히 들여다 보고 싶었다

가시적인 세계에 대해

진지한 회합

그는 사흘 전 아침에 집을 나와 서울역에서 기차에 올랐다
그리고 처음 본 낯선 곳에서 무조건 하차했다

역 부근 백반집에서 1식 5찬으로 나온 식단에 감사하며
김이 올라오는 따끈한 점심밥을 맛있게 먹었다

몇 통의 전화가 왔지만 받지 않고 바로 무시했다
다시 또다시 연거푸 전화가 걸려왔지만 무음으로 전환한 뒤

식사 후 거리로 나와 오래전 폐관한 무도장과 영화관을 지나쳤고
저녁 무렵 불빛이 반짝이는 레스토랑 2층 계단을 올라갔다

특별한 음식이 나온 건 아니지만 실내 장식이 은은한 의자에 앉아
주문한 비프스테이크를 천천히 나이프로 썰어 입에 넣었다

그러던 중 몇 몇 사람들이 저녁 식사를 위해 식당으로 들어왔다
창가 진녹색 담쟁이덩굴이 쉼없이 붉은 벽돌 담장을 타고 오르는

저녁 잔상이 비치는 자리에 남자 둘과 여자가 자리를 잡고 앉았다
셋은 그다지 즐거워 보이는 표정이 아니었고

얼굴에 긴장감이 감도는 것이 무언가 긴한 이야기를 나누는 것
같았다
답답함과 달달함 달콤함도 아닌 살벌함에 가까운 논쟁을 벌이는 듯

10여 미터 떨어진 자리에서 지켜본 그들 모습은 어둠이 밀려드는 자리에
나만 혼자 환한 자리에 앉아 있는 느낌이었다

신묘한 열쇠

거실 탁자에 셋 침실 경대 위 두 개가 올려진
다섯 개 꽃병에 꽃을 꽂았다
봄에는 진달래 개나리 목련과 라일락 산수유에 핀
꽃을 꺾어 봄을 나타냈고

여름에는 무궁화 배롱나무 백일홍 자귀나무 접시꽃
꽃을 꺾어 여름을 표현했으며
가을에는 누리장나무 마가목 산사나무 금목서
꽃을 꺾어 가을을 드러냈다

겨울에는 동백나무 설중매 한란나무 화살나무
꽃을 꺾어 겨울을 꽃병에 심었다
그러다 보니 계절이 오고가는 모습을 계절마다 핀
꽃들을 통해 알 수 있었고

거실 창을 통해 본 나무 위에서 새들 지저귐이랄까
그것들 날갯짓을 통해 절기를 느낄 수 있었다
사계절을 응시하다 열리지 않는 문 앞에서
계절이 바뀔 때마다 망설이지 않고 바로 들어가게 된

굳게 닫힌 계절 문을 열어젖힐 수 있는
철마다 잊지 않고 피는 온갖 꽃들과 새소리랄까
그 날갯짓을 통해 신묘한 열쇠를 건네받은 기분이었다

은밀한 긴장감

낚싯대를 주천강에 던져 놓고 미늘에 의자가 걸려들길
낚싯대를 홍천강에 던져 놓고 미늘에 침대가 걸려들길 기다렸다

움직이지/ 않는 것들이/ 움직임을/ 보일 때까지

낚싯대를 북한강에 던져 놓고 미늘에 등대가 걸려들길
낚싯대를 소양강에 던져 놓고 미늘에 촛대가 걸려들길 기다렸다

강심 위에서/ 물고기가/ 튀어오르는 소리에/ 화들짝 놀라

낚싯대를 남한강에 던져 놓고 미늘에 양파가 걸려들길
낚싯대를 밀양강에 던져 놓고 미늘에 접시가 걸려들길 기다렸다

새파란 / 강물 위에서/ 무언가/ 후드득 / 떨어진다

낚싯대를 섬진강에 던져 놓고 미늘에 커튼이 걸려들길
낚싯대를 금호강에 던져 놓고 미늘에 가을이 걸려들길 기다렸다

모호한 / 경계선이/ 허물어지는 / 아득함에/ 귀 기울인다

의자와 침대 등대 촛대 양파 접시 커튼과 가을은 낚이지 않았고
그는 여전히 흐르는 강물을 바라보며 그것들이 걸려들길 바란다

프로필

- 1992년 월간 『현대시』와 1996년 계간 『문예중앙』에 작품을 발표
  하면서 문단에 나왔다.
- 한국시문학상(2013)을 받았으며. 바움문학상 작품상(2015). 계
  간 연인 특별작가상(2019)을 받았다.
- 저서로는 『유쾌한 허무주의자』(2024) 외 20여 권이 있다.

고전을 길어 올리는 시간

강 민 아

대학교 신입생 설명회가 끝나고 강당을 나오는 열아홉의 내 손에는 두툼한 책 한 권이 들려있었다. 그 책은 대학 출판부에서 펴낸 『교양고전 100선 해제』였다. 책을 펼쳐 목차를 훑자 제시된 고전 중 정독한 책이 단 한 권도 없다는 부끄러움과 인문학도로서의 과업을 받은 설렘이 교차하였다. 책을 받아든 나는 당장 그날로부터 고전 읽기에 정진할 것처럼 결연했다. 그러나 교양수업과 전공수업에서 다루는 문학 작품과 교재도 내게 호락호락하지 않았고, 틈날 때면 으레 좋아하던 작가의 신간 소설에 손이 먼저 갔다. 이내 나의 머릿속에서 교양고전 따위는 케케묵은 족보처럼 치부되다가 종적을 감추었다. 결국 대학을 졸업할 때도 입학할 때와 마찬가지로 완독한 고전이 단 한 권도 없었다.

나는 요즘 추세보다 일찍 결혼하여 서른을 넘기지 않고 아기 엄마가 되었다. 두 아이를 키우다 보니 삼십 대의 절반이 지나갔다. 둘째가 유치원에 입학하자 칠 년 만에야 일말의 자유 시간이 펼쳐졌다. 평일에 주어지는 네 시간의 자유 시간을 분 단위로 촘촘하게 나누어 썼다. 매일 아침 헬스클럽에서 땀을 흘렸고, 화요일에는 미술 학원을, 수요일에는 포슬린 공방을 꾸준히 다녔다. 목요일에는 마음 맞는 친구들과 시내에 나가 박물관과 미술관을 관람하며 나만의 모스크바 지도를 그렸다. 어떤 해의 월요일에는 러시아어 과외를 받았고, 금요일에는 모스크바 한국학교 도서관에서 독서동아리 활동을 하며 가지 않은 길에 대한 마음을 여과 없이 풀어놓았다. 또한 코로나 덕분에 활성화된 온라인 플랫폼을 통해 각종 독서 모임과 글쓰기 모임, 글쓰기 프로젝트 등에 꾸준히 참여했다.

그렇게 삼 년의 시간이 흘렀고, 분명 나는 자유부인으로서 만족한 삶을 살았다. 그러나 마음 한편이 허전했다. 무언가 중요한 본질을 놓치고 사는 것은 아닌지 알 수 없는 두려움이 엄습했다. 과연 나는 이곳에서 잘살고 있는 것일까, 계속 이렇게 살아도 되는 것일까, 라는 질문 앞에 십여 년 전 첫째가 돌 치레를 하느라 뜬눈으로 지새우던 짙은 새벽이 떠올랐다. 몸이 불덩이같이 뜨거운 아기를 안았다 내려놓기를 수차례 반복하던 새벽이었다. 아기를 키우느라 글이며 등단이며 작가 지망생이라고 자신을 소개하던 시절 따위가 모두 옛일이 된 나는 친정엄마가 아니라 대학에서 인연을 맺은 선생님에게 전화를 걸었다. 따뜻한 조언 대신 늘 불호령을 내리던 호랑이 선생님에게 전화를 걸었던 그 새벽이 나의 애처로운 질문 앞에 태연하게 서 있었다.

"민아야, 네가 이제 서른이라고? 너에게 선생님이 숙제를 내줄게. 십 년 동안 아이 잘 키우는 게 첫 번째, 책 많이 읽는 게 두 번째다. 십 년 후에 애들 학교 들어가고 네 시간 많아지면 글은 그때 미친 듯이 써도 돼. 조급해하지 마라. 물론 매년 신춘문예에 응모

할 수 있도록 단편 하나씩 쓰면 더 좋지만, 지금은 거기서 애 봐줄 사람도 없는데 현실적으로 불가능하지 않냐. 대신 짬나는 대로 책을 많이 읽어라. 고전을 읽어야 한다. 십 년 동안 읽는 것도 다 공부란 걸 명심해. 대기만성을 삶의 목표로 삼거라.”

나는 선생님의 이 말씀이 삼십 대의 나를 십 년 동안 계속 주시하고 있다는 것을 알면서도 외면했다. 그러므로 지켜내지 못한 숙제를 검사받을 시간이 코앞으로 다가오자 언제나 모범생으로 살아왔던 나는 괴로웠던 것이다.

늘 여름 방학에만 한국을 방문하였으나 이번에는 겨울방학에도 한국에 가게 되었다. 단순히 아이들에게 한국의 겨울을 보여주기 위해 비행길에 오른 것은 아니었다. 가볍게 여겼던 딸아이의 간헐적 외사시 증상은 수술이 아니고서는 치료할 수 없다고 하였다. 병원에서는 겨울방학에 수술하기를 권장하였고, 우리는 그 날짜에 맞춰 겨울에 한국을 가게 된 것이었다.

여름 방학은 한국의 찌는 듯한 무더위와 살인적인 일정 때문에 매번 심신의 여유가 없었다. 그러나 이번 겨울방학은 가족 이외에 아무도 내가 한국에 들어온 사실을 몰랐다. 그야말로 삼시 세끼 엄마가 해주는 맛있는 밥을 먹으며 아무것도 하지 않아도 되는 진정한 방학을 맞이한 것이다. 이 기간 동안 읽을 책을 고르고자 친정집 내 방 한 귀퉁이에 세워진 책 탑 앞에 쭈그리고 앉았다. 러시아에 있는 동안 읽고 싶어서 인터넷서점으로 야무지게 주문했던 책들이었다. 위에서부터 차례로 책 탑을 훑어 내려갔지만, 선뜻 책을 고를 수 없었다. 내 마음은 오로지 전신 마취 후 눈 수술을 받아야 하는 딸아이를 향했기 때문이다. 러시아에서 서너 차례 포도 막염을 지독하게 앓으며 바늘이 눈으로 쏟아지는 듯한 통증과 앞이 보이지 않는 무시무시한 공포감을 경험하였던 나였다. 가장 허약한 신체 부위가 눈인 나로서는 자식의 안과 수술 일정 앞에서 더욱 초조하고 조바심이 날 수밖에 없었다. 한국에 있는 동안 독서는 무리겠다고 단념하던 순간, 책장에 길게 꽂힌 책 한 질이 눈에 들어왔다. 그건 바로『주석으로 쉽게 읽는 고정욱 삼국지』였다.

삼국지는 우리 가족에게 특별한 추억을 심어준 책이다. 초등학생 시절 동네 아파트 상가에 자그마한 책 대여점이 있었다. 그곳에서 부모님과 오빠가 앞 다투어 빌려 읽었던 책이 일본 작가 요코하마 미츠테루의『전략 삼국지』였다. 총 육십 권으로 이루어진 이 만화책을 세 사람은 매일 밤 돌려가며 읽었으므로 저녁 식사 후 우리 집은 책장 넘기는 소리뿐이었다. 식탁이며 거실 소파, 안방 침대와 화장실 바닥 등 내 방을 제외한 우리 집 구석구석에 삼국지가 널브러져 있었다. 역적의 머리가 댕강 굴러떨어지고 영웅의 이름이 새겨진 깃발이 나부끼는 평원을 향해 세 사람의 손가락은 적토마처럼 책장을 넘기며 달려 나갔다. 오직 나만 그 세계에 끼지 못했던 소외감을 지금도 잊을 수 없다. 뒤늦게 대학생이 되어서야 나 홀로 느릿느릿 삼국지와 초한지, 그리고 수호지를 독파했다.

삼국지를 읽은 지 어느덧 이십여 년의 세월이 흘렀고, 나의 호랑이 선생님이 평역한 삼국지가 지금의 내 눈에 들어온 것이다. 동양고전의 꽃 중 하나인 삼국지연의에서 파생된 삼국지야말로 고전 읽기 입문으로 제격이었다. 『주석으로 쉽게 읽는 고정욱 삼국지』는 청소년 독자를 대상으로 하였기에 당시의 시대 상황이나 맥락에서 유래된 사자성어, 인물에 대한 간략한 설명과 역사적 의의를 소상히 주석으로 달아놓았다. 그러한 까닭에 별도의 검색 없이도 막히지 않고 심층적인 독서를 할 수 있었다. 나는 호기롭게 열권의 삼국지를 꺼내와 거실 한가운데 쌓아 놓고 친정 부모님과 아들딸에게 물었다. 생각해 보니 유년 시절 우리 집에 삼국지 열풍이 들이닥쳤을 때의 우리 남매와 지금의 내 아들딸 나이가 운명처럼 일치했다.

"나랑 같이 삼국지 읽으실 분 있나요? 어렸을 때 책방에서 삼국지 빌려 와서 나만 쏙 빼놓고 셋이서 돌려 읽었을 때 진짜 끼고 싶었단 말이야."

"너희 선생님 표 삼국지? 엄마랑 아빠는 진작 다 읽었지, 얘는. 산 지 몇 년 되지 않았어? 그 책 배달오자마자 바로 같이 읽었어."

엄마의 대답에 나는 또 쓸쓸히 뒷북을 둥둥 울리며 영웅의 세계에 발을 내딛게 되었다.

아이가 수술을 받는 날 새벽, 잠 못 들고 뒤척이던 나는 곤히 잠든 아이마저 깨울까 봐 거실로 나왔다. 남편의 목소리라도 듣고 마음을 다잡으려 했으나 되레 그의 목소리를 듣자마자 눈물이 펑펑 쏟아지는 바람에 얼른 전화를 끊어 버렸다. 어지러운 마음을 어디 붙들 곳 없던 나는 삼국지 생각이 났다. 착잡한 마음에 설마 이게 읽힐까 싶었는데 눈물이 쏙 들어가고, 근심이 잊혔다. 심지어 아이가 수술하는 동안 병원 보호자 대기실에서도 삼국지를 읽었다.

“저는 아이가 전신 마취하는 수술이 처음이에요. 너무 떨리고 걱정되어서요. 아이가 수술 받는 게 처음이 아닌 모양이죠?”

대기실 옆자리에 앉은 여자가 촉촉하게 젖은 눈망울로 책을 슬쩍 곁눈질하며 내게 물었다.

“아녜요. 저도 처음이에요. 심지어 저는 남편이 외국에 있어서 혼자 다 지켜봐야 해서 너무 떨리더라고요. 아, 책이 눈에 들어오느냐고요? 솔직히 말하자면 책 속으로 도피 중이에요. 그러지 않고는 어린 딸아이가 안쓰러워서 기다리는 내내 바보같이 울 것만 같아서요.”

사실이었다. 나는 대답하며 깨달았다. 문학이 내게 얼마나 든든하고 고맙고 안전한 존재인지를. 여태껏 글은 내게 놀이이자 휴식이며 과업이자 꿈으로 여겨졌다. 그러나 고전은 달랐다. 과장되게 들릴지 모르지만, 그날만큼은 고전문학이 내게 종교처럼 큰 위안과 거룩한 진리, 영혼의 안식처가 되어줬다. 초조함만이 감도는 보호자 대기실에 앉아 있는 내 주위에 죽음도 불사하는 용맹한 조자룡과 천상의 이치를 모두 깨친 제갈공명, 의리에 죽고 사는 관우와 장비가 함께여서 두렵지도 외롭지도 않았다.

아이들과 한국에서 함께 보낸 첫 겨울방학 내내 나는 삼국지를 달고 살았다. 신이 나게 읽던 삼국지의 속도가 더뎌진 것은 관우가 적장에서 침통한 최후를 맞이했을 즈음이다. 관우의 머리를 담은 상자가 말을 타고 유비가 아닌 조조에게로 향하자 깊은 탄식이 흘렀다. 삼국지를 이끌던 별들이 하나둘 떨어지는 하강 구조를 읽을 때는 십 년씩 늙는 기분이었다. 관우를 시작으로 조조, 장비와 유비, 그리고 조자룡과 제갈공명이 명을 달리하여도 그들의 자손과 충신이 위업을 물려받아 역사는 흘렀다. 역사 속에서 인간은 똑같은 잘못을 되풀이하기도 하였고, 의로운 일을 하고자 몸을 바로 세우는 새로운 이가 또다시 출현하였다. 한 사람이나 집안, 국가 등 모든 일에는 흥망성쇠가 따르기 마련이란 진리를 문학은 거대한 역사 속에 얽힌 다채로운 인물 군상을 통해 보여주었다.

스무 살에 읽은 삼국지는 '입신양명'이었다. 막 대학에 들어간 새내기였던 내게 삼국지는 영웅의 서사로 읽혔고, 개개인이 자기 뜻을 일으키기 위해 투신하는 모습이 청춘의 나에게 와 닿았었다. 그러나 불혹을 앞둔 내가 다시 읽은 삼국지는 '의리'와 '충절', 그리고 '겸손'으로 읽혔다. 삶을 살아가며 의리와 충절 같은 도리와 대의를 함께 나누는 이가 있고, 그럼에도 자만하지 않고 자신을 낮추는 자세로 늙어간다면 잘 살아가고 있다는 뜻이 아닐까. 삼국지의 시대적 상황이나 인물들의 처세가 지극히 옛 전설 속 이야기나 신화처럼 아득하고 비현실적으로 느껴져 허탈함과 허무함이 들었던 대목도 있었다. 그러나 분명 과학기술이 침범할 수 없는 인간의 고유 영역에 위와 같은 덕목이 있으니 더욱 빛이 나는 것이리라.

고전 읽기가 현대사회에서 갖는 의의는 더욱 커졌다. 챗GPT 녀석이 아무리 대단하여도 각 개인 대신 작품을 읽으며 저마다 느끼는 감동과 성찰의 구간을 예측하여 전부 떠먹여 줄 수는 없는 노릇이다. 정보로써 제공되는 것이 아니라 직접 시간을 들여 책을 읽는 동안 인물의 삶을 간접 체험하는 것이야말로 VR로도 재현될 수 없고, 영상물로 충족할 수 없는 독서만의 고유한 감동과 즐거움이란 것을 새삼 느낀다. 훌륭한 작가들의 유년에는 어김없이 고전을 읽어낸 시간이 있고, 그 시간은 또다시 그들의 작품에 고스란히 베어 결을 함께 한다. 나는 사물의 이치를 터득하여 세상의 미혹에 흔들리지 않을 나이를 앞두었음에도 마음이 덜 자랐으며, 학문의 기초도 매우 빈약하다. 이제야 비로소 열아홉에도, 스물아홉에도 번번이 실패했던 숙제장을 펼치고자 한다. 만학도가 된 나는 지금이라도 배울 수 있음에 설레고 감사하다. 이번만큼은 숙제를 충실히 해나가며 좋은 어른으로 성장하고 싶은 마음이 간절하다. 열아홉의 앳된 내 손에 들렸던 『교양고전 100선 해제』 앞표지에 빽빽하게 적힌 글귀를 서른아홉의 내 숙제 공책 첫 장에 또박또박 옮겨 적는다.

책은 영속적으로 존재하는 정신이다. 우리가 어떤 종교적 입장에서 영혼의 불멸을 믿지 않는 한, 우리의 정신은 육체의 소멸과 더불어 끝난다고 생각하지 않을 수 없다. 그렇지만 책 속에 표현된 정신은 책과 더불어 계속해서 존속한다고 할 수 있다. 책 속에 과거 전체의 혼이 깃들어 있다는 이야기나, 인류가 수천 년 동안 행하고, 생각하고, 연구하고, 얻은 것 전부가 책장 속에 숨어 있다는 이야기 등은 이런 맥락에서 이해된다. 이런 책 중에서도 정선된 책이 고전이다. 고전이란 단순히 오래된 책이 아니다. 그것은 오랜 시간을 거치면서도 여전히 높이 평가되고 있는 소수의 정선된 작품을 말한다. 우리가 이렇게 고전을 정의하고 보면 그것을 읽어야 하는 이유 역시 분명해진다. 우리의 개인적 정신은 극히 유한

하고, 인류 전체의 정신과 비교해 보면 그 존재는 무에 가까울 정도로 미미하며 그것은 거대한 강물을 이루는 작은 한 물방울에 비유될 수 있다. 그렇지만 개인적 정신은 인류 전체의 정신과 연결될 때 자신의 한계를 뛰어넘어 성장할 수 있다. 우리의 개인적 정신들은 인류 전체의 정신이라는 생명의 강과 합류될 때 힘찬 활력으로서 꽃을 피우고 열매를 맺는다.

『교양고전 100선 해제』

　살다 보면 가끔은 무언가가 끊임없이 여러 경로를 통해 나에게로 다가오는 것을 느낄 때가 있다. 고전이 다시금 내게로 다가온 기척을 느껴 반가운 마음으로 문을 연다. 그러자 고전의 향기가 세월을 뚫고, 국경을 넘어 러시아에 사는 나의 작은 골방에 은은히 퍼지기 시작하였다.

프로필

- 경기도 부천 출생
- 현 러시아 모스크바 거주중
- 제27회 재외동포 문학상 수필 부문 가작 수상
- 저서: 『사랑하는 나의 푸쉬킨에게』

생활기록부를 통해 다시 만난 나

고 정 욱

어머니가 노환으로 천국에 가셨다. 한 해가 저물어가던 2025년 12월 31일. 세상 모든 이가 저마다의 의미로 한 해를 정리하고, 새해를 맞을 준비를 하던 바로 그날, 나는 세상에서 가장 소중한 이와 마지막 인사를 나누었다. 송구영신을 장례식장에서 치르며 문상객을 맞아야 했고, 중요한 것들을 하나하나 결정지었다. 문상객이 올 때마다 자리를 옮겨 다니며 응대하느라 음식이 코로 들어가는지 입으로 들어가는지도 알 수 없었다.

모두가 '새해 복 많이 받으세요'라고 인사를 나눌 때, 나는 그 인사가 낯설었다. 어머니가 가셨는데 복이라는 것이 다시 올 수 있을까? 어머니 없는 삶을 '복'이라 부를 수 있을까?

장례를 치르며 슬픔을 다하지도 못했는데, 후속 절차들이 쏟아졌다. 보훈처, 주민 센터, 은행, 병원…. 죽음 뒤에도 사람은 여전히 '서류'로 정리되어야 하는 존재였다.

국가유공자였던 아버지의 배우자로서, 어머니는 생전에 보훈 자격을 받으셨다. 그 자격을 승계하기 위한 절차가 이어졌다. 공무원은 내가 장애인임을 인정하는 최초 진단서를 보내라고 했다. 그런 게 있을 리 없었다. 돌 무렵에 소아마비에 걸렸기 때문이다. 그러자 공무원은 어린 시절 생활기록부에 장애인임을 밝히는 내용이 있으면 된다고 했다. 그 결과 나는 내 인생 처음으로 모교에 전화를 걸어 생활기록부를 요청했다. 살면서 한 번도 떠올리지 않았던 서류였다. 행정이 편리해져서 아무 학교에나 가서 행정실에 요청하면 팩스로 서류가 송부가 되는 시스템이었다. 굳이 모교에 가지 않아도 되었다. 그 결과 두 쪽의 생활기록부 사본이 내 손에 들렸다. 60년 가까운 오랜 기록 속엔 내 어린 시절의 민낯이 고스란히 담겨 있었다. 수기로 적힌 기록 속에, 한 자 한 자 정자로 써 내려간 선생님들의 글씨는 내가 어떤 아이였는지를 가감 없이 보여주고 있었다.

6년 개근상. 단 하루도 빠지지 않았던 학교생활. 누구보다 열심히, 누구보다 조용히, 누구보다 애쓰며 살아낸 어린 시절. 그리고 그 옆에는 '건강 상태'라는 이름 아래, 너무 아픈 진실이 적혔다.

"혈색은 좋고 건강한 편이나 소아마비로 하반신을 전혀 쓰지 못함."
- 1학년 담임
"창백한 편이며 신체장애로 건강상태가 좋지 않음." - 3학년 담임
"하체 마비로 완전 사용 불가, 안색 창백." - 4학년 담임
"혈색은 양호하나 하체 불능." - 5학년 담임

나는 그 시절, 내 장애를 부인하지도, 숨기지도 않았다. 아니, 숨길 수도 없었다. 선생님들이 장애를 적시하는 건 사실이었고, 회피하지 않은 그 기록을 보는 내 마음은 오히려 담담했다.

사실 학교를 다닐 때 장애는 나에게 절대적인 문제였다. 처음 보는 아이들은 나를 병신이나 절름발이라는 비속어로 놀리곤 했다.

어머니가 업고 학교를 가면 주위에서 왜 업혔냐든가, 뭐 하러 학교를 보내냐는 말까지도 들었다. 장애를 가진 아이가 학교를 정상적으로 다니기 힘든 배고프고 가난했던 시절의 풍속도였다. 나는 장애만 눈에 들어오는 장애아였을 뿐이다. 그게 다였다.

하지만 그 가운데 두 분의 선생님은 다르게 적었다.

"혈색이 좋고 건강하다." - 2학년 담임
"영양상태 양호, 무병함." - 6학년 담임

이 두 마디는 단순한 기록이 아니었다. 내 장애 너머의 나를 본 사람들이 없지 않았다는 증거였다. 소아마비로 인한 후유증으로 장애인이 되었을 뿐 나는 건강한 삶을 살고 있었기 때문이다. 어쩌면 그 분들은 이미 어린 내가 어떤 식으로든 자신의 운명을 받아들이고 있다는 걸 알아챈 건지도 모른다.

또 다른 기록을 보던 나는 웃었다. '생활환경'란에 "주택은 한옥이며, 생활정도는 중임. 공부하기에 적당함."이라 쓰여 있었다. 순간 가정방문을 했던 1학년 담임 선생님의 모습도 떠올랐다. 우리 집을 아는 길잡이 아이들 몇 명을 데리고 방문해 가정형편을 살피고 가더니 그렇게 기록한 거였다. 정확했다. 추억이 되살아나는 대목이었다.

마포구 대흥동, 어쩌면 내 어린 시절 유일한 우주였던 그 골목길에서 나는 조금씩 세상을 배웠다. 하루도 빠짐없이 나를 업고 학교를 오가면서 도란도란 해주던 말씀 또한 인생교육이었고, 그 자체가 소통이며 감동이었다.

그래서인지 '행동 발달 상황'란에는 이렇게 적혀 있었다.

"명랑하고 책임감이 강함. 남을 이끄는 리더십이 있음. 의지가 강하고, 행동에 거짓이 없음."

지금의 나를 봐도 이 평가에서 크게 벗어나지 않는다고 생각한다. 그때 그 기록이 지금의 나를 만든 것이라 해도 과언이 아니다. 천성은 변하지 않는 것인지도 모른다.

하지만, 한편으론 아쉬움도 남는다. 어느 누구도 내 '가능성'에 대해 기록하지 않았다. '장애'가 나의 존재를 규정했고, 미래를 덮어버렸던 시대. 그런 시대를 살았기에, 더더욱 어머니가 나를 업고 학교를 다녔다는 사실은 기적이었고, 내 삶의 잊지 못할 첫 단추였다. 만약 그때 어머니가 포기했다면, 내게 생활기록부란 없었을 것이다. 흔히 말하는 '성공한 장애인'이라는 이름표를 달고 있는 나는 한 번도 그 성공이라는 수식어가 마음에 든 적 없다. 나는 장애인으로서 성공한 것이 아니다. 나는 장애의 불리한 조건을 넘어 내가 할 수 있는 최선을 다해 살아왔을 뿐이다.

가끔 힘들면 나는 투정부리듯 말했다.

"중증 장애인이 이렇게까지 해야 겨우 살아남는다는 사실이 슬프다."

하지만, 내 오래된 친구 시인 K는 웃으며 이렇게 통박을 준다.

"장애인이든 아니든, 당신처럼 열심히 살아온 사람은 많지 않아."

나는 그 말을 곱씹어봤다. 그 말이야말로 내 삶을 가장 정확히 표현한 문장인지도 모른다.

지금 나는 어머니가 없는 첫 겨울을 보내는 중이다. 뒤늦게 천애의 고아가 되었지만, 무덤덤하다. 어머니가 계셨던 날들의 따뜻함이, 아직도 내 기억에 남아 있어서인가보다.

팩스로 받은 생활기록부 사본 한 장. 그 종이 위에서 나는 어린 시절 나를 다시 만났고, 세상의 차별과 편견을 확인했다. 그 아이를 품에 안아 준 어머니를 또 한 번 마음으로 껴안을 수 있었다.

이만하면, 나 잘 살아온 게 아닐까. 그리고 앞으로도 나는 계속 잘 살아내고 싶다. 그게 이 사회의 통념과 편견에 저항하고 돌아가신 어머니의 유지를 받드는 일이기 때문이다. 이제 어머니의 이야기를 글로 쓰는 일은 그만 하기로 한다. 그간 너무나 많이 이야기했고, 어머니도 이제 쉬셔야 하기 때문이다. 그래도 마지막으로 이 말만은 하고 싶다.

엄마, 안녕!

프로필

- 소설가, 아동문학가, 문학박사
- 한국장애인인권포럼 이사 역임
- 〈가방 들어주는 아이〉외 390여 권 저서 발간
- 2025. 아스트리드 린드그렌상 후보

이스턴 파라다이스

박 철 희

산책로를 따라 걷던 중 강물에 비친
시뻘건 노을은 내 발걸음을 멈추게 했고

그 순간 여태까지 경험하지 못했던
구름 위 세상으로 나를 이끌었다

그곳에선 날렵하게 헤엄을 치고 있는
청둥오리 한 쌍이 놀고 있다

내가 다가가자 빠른 속도로 비행하여
어디론가 퍼들껑 날아갔다

지구별에서도 혼자 산책을 했는데
여기서도 마찬가지다
어느 곳을 가더라도 뚜벅뚜벅
나만의 길을 갈 것이라고 다짐하며

세상에서 살아 움직이는 동안
무언가를 보고 무언가에 탐닉한다는 것은

의미와 무의미한 세상사를 건너뛰어
막힘이 없는 순간이동인 것 같다

추억상자

늘 내 곁을 떠나지 않고 함께 했던 휴대전화는 몇 대였을까
나 자신이 선택했지만

사용한 뒤 버려진 그것들을 떠올리다 보니 측은했다

20살에 처음 개통했던 핸드폰을 추억상자에서 가끔 꺼내보곤 한다
그 안에 무엇이 저장되었는지 들여다보고 싶었지만 확인할 수가
없다

충전도 되지 않은 고물덩어리를 왜 간직하고 살았는지 이해되지
않았다
30분이면 충전되는 플립 폰을 손에 들고 매만지다

매 순간 많은 정보를 실시간으로 제공 유익함을 전해주는
전화기를 나는 몇 대를 더 사용하게 될까

앞으로는 함께 하게 될 핸드폰들에겐 반드시 이름을 지어줄 것이다
지금 내게 매일 고개 속여 인사하는 전화기는

비서로 생각하고 모니카 김이라고 부르기로 했다

구인사

탱글탱글 잘 익은 청포도 한 상자를 차에 싣고 무봉사에 도착했다
법당 한 구석에 앉아

내안을 들여다보기 위해 가부좌를 틀고 눈을 감았다

잠시 후 청정한 흔들림 같은 것이 귀에 울려 퍼지고
마음이 고요해짐을 느꼈다

그 순간 알 수 없는 어떤 힘이었는지 마음이 정화되는 듯했다

명상을 마치고 법당을 나서니 처마 밑 테이블에
주지 스님이 어딘가를 응시하며 앉아 계셨다

갈증을 달래기 위해 샘물을 마신 뒤 스님께 합장을 하며 인사를
했다

그러다 4층 석탑 기단석을 바라보며 삶은 여전히 어렵다는 생각에
마음에 낀 더러운 때를 때수건으로 벅벅 밀어

매끈한 유리구슬처럼 만들겠다고 다짐 했지만

그 날이 언제쯤일까 궁금해 탑에게 물었지만

짐작하기도 어렵다고 4층 석탑은 내게 말했던 것 같다

어울링

파란색 자전거들이 집을 지키는 애완견처럼
묵묵히 거치대에서 대기하고 있었다

비가 오나 눈이 오나 이용객이 오기를 기다리고 있는
녀석들은 지루하지는 않을까

누군가 스마트 잠금장치에 휴대폰을 살짝 터치하자
무지갯빛이 빨 주 노 초 파 남 보로 깜빡였다

긴 기다림 끝에 주인을 만난 따릉이는 매우 기뻐하는 것 같다
페달을 힘차게 밟아 원하는 장소에 가까워질수록

피곤함에 잠깐의 휴식을 갖고 싶어 하는 쉬고 싶은 마음을 누르며

언제나 사람들에게 질 좋은 서비스를 제공하는 공영자전거처럼
나도 주변 사람들과 잘 지내야겠다고

회사에 도착 따뜻한 우롱차를 김 과장과 마시며
가슴속에서 오래 남을 것 같은 대화를 나눴다

초록색 슬리퍼

출근하자마자 사무실 의자에 앉게 되면
나를 반겨주는 것들이 너무나 많다

그 중에서도 내 기분을 가장 즐겁게 해주는 것은
다름 아닌 초록색 슬리퍼

구두를 벗고 실내화로 갈아 신으면
짓눌려 있던 피곤한 발을 편안하게 해준다

아니 조선시대 사람들이 신었던 짚신이 오히려 더 편했을까

그러다 슬리퍼 밑창을 확인해 보니 시간을 이겨낸 흔적이 보였다
정이 들었던 녀석을 분리수거함에 넣자

그 안에서 흐흑 흑흑흑하고 우는 듯 했다
사무실에서 함께 할 슬리퍼 한 켤레를 당일 배송으로 주문했지만

그동안 정이 들었던 걸까 아쉬움은 지워지지 않았다

초록색 슬리퍼

새벽택시

새벽 4시쯤 잠자리에서 일어나 드라이기로 머리를 건숭건숭 말리고
회사에 가기 위해 핸드폰으로 빠르게 택시를 호출했다

10분 후 버스승강장을 지나 정차한 카카오택시는 비상등을 켠 채
내가 오기만을 새벽 부연 안개 속에서 기다리고 있었다

점멸 신호등 아래를 쉬지 않고 첫 번째 두 번째 교차로까지 걸어가
강원도 오지보다 택시를 잡기 힘들었던
지난 시절 넋두리를 초면인 기사에게 두서없이 늘어놓는다

7년간 모진 비바람과 폭설에도 단 한 번 사고도 없이
여기까지 여러 어려움을 견뎌내 무사고 운전을 했다는

파란점퍼를 입은 기사는 올 9월이면 개인면허 택시를 받는다고
자랑스럽게 말하며 들떠 있었고 나는 그에게 축하 인사를 건넸다

한 가정의 가장으로 살아온 삶이 나 역시 그와 다르지 않은 까닭에
앞으로도 그가 새로운 꿈을 갖고 원하는 것을 이루길 간절히 빌
었다

아내

먼 하늘 두둥실 떠 있는
뭉게구름 한 덩어리를 응시하다
갑자기 그것들에게 의문이 생겼다

어디로 무엇을 위해
이동하는 것인지 모르겠지만
주변에서 떨어져 나간 느낀 외돌토리랄까

까닭 모를 상실감을 지우려 애쓰다
현관 비밀번호를 가볍게 눌렀더니
문은 활짝 열려서 반갑게 맞아준다

내가 쉴 수 있는 유일한 장소는
사랑하는 아내와 아이들이 기다리는
지상에서 단 한 곳뿐인 것을
다시 또 가슴속 깊이 절감하며
잠시라도 잊지 않을 것이다

濯足(탁족)

엘튼존의 노래가 끝나자 휴식시간 그늘막 텐트에서
여인이 서빙한 두부김치와 파전과 함께

막걸리 몇 잔을 마신다

공연 후 아내와 약속을 지키기 위해

안과장은 집으로 돌아가고 나는 계곡물에 발을 담근 채
감자와 부추가 곁들여진 토종닭백숙을 뜯는다

그 자리에 남은 이들은 생일날 조촐한 파티를 기약하며
또 다른 벗을 만나러 가는 발걸음은

흥에 겨워 발에 모토를 단것처럼 가볍게 보인다
한 마리 노루가 날렵하게 산을 뛰어오르는 것처럼

금강에서

숲속 소나무 위로 반달이 뜰 때쯤 하나 둘 셋
거실 조명이 모두 꺼진 마을에 몇 채 남지 않은 기와집 뒤

뒷산 백목련 나뭇가지 사이 어딘가 몰래 숨어

잡풀들 무성하게 자라나 괴이하다는 생각이 들 정도로
내 가슴속을 새들이 휘저어 긁은 것처럼 날아간다

금강에서 지역개발로 인해 내 눈에 자주 들어온
풍광을 다시 볼 수 없다고 생각하니 슬픔이라고 해야 하나

아님 심중에 울음이 가득 찼다고 할까

강가로 걸어가 그 아픔을 달랠 수 있는
들꽃들 살랑임을 가슴에 품어야겠다

끝사랑

사랑을 찾아 방송에 출연한 50을 넘긴 남녀들 감정이 궁금했다
그 나이에도 설레임 농도가

20대 풋사랑처럼 후끈 달아오를 수 있을까

열정만으론 상대편 호감을 사로잡을 수 없기에
그 결말을 단정 지을 수 없었고

11명이 뛰는 축구선수들처럼 호흡이 잘 맞는 모습을 보여줄 건지

오랫동안 혼자 살아온 그들에게 그런 역량이 있을까 궁금했고
마지막 사랑을 마음속에 집어넣었다 끄집어내면서

이번엔 서로에게 잘 맞는 동반자를 찾기 바랐고
프로그램 종영 후에도 사랑을 찾아 헤매지 않기를 바랐다

그들이 불멸의 밤에서 이젠 벗어날 수 있기를

• 2025년 계간 연인으로 등단 • 홍천어린이 인문학교 대표

써래질한 논에서

오 만 환

우주시 교육문화특구

진천 백곡면 성대리

폐교 터, 도예촌

밥 짓는 냄새 구수하다

5월, 풀꽃이 웃고

써래질한 논에서 물이 춤춘다

숯가마는 어디인가

할아버지도 눈을 뜨셔서

허리 펴시며 안아 주실까?

성(城)이 없어도

크고 작은 난리를 잠재웠던 사람들

사물놀이와 아리랑

얼쑤! 좋다 잘한다

살갗이 아파도 배가 고파도

한마당 소리에 맞춰

줄 높이 솟구쳐야 한다

사람이 하는 일이다

잣나무를 베어낸 것도

떠나가게 한 것도
나비 틀고 차를 몰아
아시아 꽃향기 따라 날아들게 하는 것도
그렇다
고개를 넘고 아리랑 아라리요
하늘 우러러
사람이 하는 일이다

진천들

백곡, 초평,이월, 덕산, 광혜원
주렁 주렁
저수지를 달고
미호강 늘어진
들의 가슴
백로가 깃을 접고 개구리 잡는다

생거진천
극락
그 입구는 여기요
집마다 복(福) 넘실
농악 따라
얼싸!

고속도로 산업단지
희망 매단 풍선
불도저, 제 아무리 외쳐도
풍년 걸린 미루나무
동양화 인심
한 폭

금요일 오후

고단해도 내 멋에 산다
장애물 달리기 촘촘한 그물
이제부터 천천히 가자

천국보다 ⾭휴일이 더 좋은
묵시의 숲
산과 길이 만나 고개 너머로 숨더니
이제 보인다

가슴의 새들과 가벼운 술집을 짓고
나무처럼 흔들린다
휘파람 불며
금요일 오후 향기로운 사람들

야간 산행

남들이 집으로 갈 때 반대로 간다
랜턴은 없어도 무방하다
두려운 것은
어둠이 아니라 사람이다
언제부턴가
속으로 흘리는 땀
바람에 찔리며, 불끈 주먹을 쥔다
가슴에 낡은 집 부수며
깊은 산 낯선 소리 들으며
추운 날
혼자서 간다

나무야 나무야
- 아내에게

입을 다물고 살았다

얼마나 아팠을까

팔을 잘라서 의자를 만들고

한 옆에 꽃을 옮겨다 심었다

꽃이 시들면 햇빛 바람 물, 물이 아니고

순전히 나무 탓이라 했다

나무는 꽃에게 잎을 떨구고 거름이 되었다

그래도 꽃을 좋아하는 그것은

말리지 못하고 병이었다

그래 그래

지나친 것은 참말로 병이었다

나무야 나무야

프로필

- 1982년 〈〈우리 함께 사는 사람들〉〉 동인
- 1988년 예술계 신인상 당선
- 시집 「칠장사 입구」「서울로 간 나무꾼」「 작은 연인들」
- 시평집 「식탁 위에 올라온 시」,
- 중국어판 詩와 詩評集 「自然興 倫理」(河南人民出版社)
- 1997년 농민문학 작가상, 2015년 山문학상
- 2022년 충북예술상(창작), 2024년 ST 문학상

고양이로 운다

이 규 각

어둠의 그림자가 달빛 속으로 스치면 차디찬 겨울을 서성이는 창밖의 이야기는 외마디 음을 튕긴다.

겨우 살아 울부짖는 하루의 일상을 포기하고 고양이로 운다.

간절하게 바라던 눈빛이 깜빡이면 그 빛이 달빛에 부딪혀 암호화된 울음으로 고요를 뚫는다.

구멍 난 어둠 속에서 빛이 새어 나온다. 달빛에 홀로 스치는 광채가 튕겨 나간다. 이중성의 이야기는 긴 삶을 호흡한다.

어둠을 뚫고 지나가는 그림자가 달빛을 등지면 숨바꼭질하는 그림자는 달빛을 지나 홀로 사라진다.
달빛 그림자는 밤을 기억하기 위해 반사된다. 바람살이 심장에 달라붙어 덜컹거리면 군상들은 꾸역꾸역 모습을 감춘다. 밤을 기억하기 위해 반사된다.

보름달이 들어온다. 짙은 어둠 속에서 튕겨져 나온 파란 불빛이 발자국을 남긴다. 방안은 고요하다.

소년아 지금 어디로 가고 있는가

잠시 지나가는 사이 울던 새들도 날아가고 혼자 둥지를 틀었다. 긴 밤을 지나 시작되는 하루는 해를 향해 있었다.

변하지 않는 알람 같은 해가 하루도 거르지 않고 소리를 지르면 몰려가는 그림자의 수다는 시작된다.

홀로 남은 그림자만 알람을 듣지 못했다. 그 공간이 멈추어 선다. 해는 순항한다. 거침이 없었다. 가끔 구름 아래로 숨 쉬는 그림자는 서랍 속으로 숨어 있었다. 구름이 지나가자 밖으로 나섰다. 한잠을 떨치는 순간 운명의 신음이 들린다.

밖으로 나서는 순간 정적을 깨뜨리는 소리에 잠시 뒤를 돌아본다. 부르지 않는 바람이 뒷걸음질 치면서 철문을 닫아버렸다. 잠시 후 발자국은 바람에 날리고 그 흔적을 찾아 헤매는 낯선 이방인이 찾아왔다. 무심코 뱉은 말에 화를 낸다.

그 영혼이 누군지도 모른다. 알 만한 시간도 없었다. 숨소리는 이내 사라졌다. 뚜벅뚜벅 가끔은 지나가는 인파 속에서 생명으로 숨 쉰다. 일상은 그런 것이다. 사정이 있는 건지 없는 건지 모른다. 혼자가 아니라는 생각에 대뜸 소리친다. 소년아 지금 어디로 가고 있는가.

틈 사이에서

틈만 있으면
틈을 비집고
풀씨는 꿈을 키운다

틈은 자궁 속으로
풀씨를 키운다

별빛이 흐르는 밤
이슬이 틈새에 머물면
풀씨는 자라난다

사랑은 날개

머뭇거리다
사랑은 날아간다

새처럼
사랑은 날아간다

다가서기도 전에
꿈꾸던
사랑은 날아간다

사랑은 새와 같다

날기 전에
잡아야 한다

동자승

아기 스님은
예쁜 가방을 메고
난 바랑을 메고

산사로 가는 꿈은
정겹다

서로의 눈빛 속으로
미소가 가득하다

하이얀 눈길이
발자국마다

산사의 정을 담는다

프로필

• 1990년 시집 「개똥철학」을 통해 작품 활동을 시작했다. 그후 가
  열찬 창작 활동로 1993년 「내 가슴은 꽃잎처럼 여려서 그대가
  내 옆에 있어도 그립다」외 7권의 시집을 상재했으며. 「2014년엔
  살아 있으므로 결코 늦지 않는다」등을 펴냈다. 현재는 시작에
  전념하고 있다.

기일(忌日)

최 영 규

절을 올린다

땅바닥에 이마를 붙이고

엄마의 젖냄새를 맡아보려 애를 쓴다

손등 위에서 얼굴이 찌그러지고 눈물이

엄마는 곱기만 했고 어질기만 했다고

그렇게 내 안에서 다른 사람 상관없이

콩쥐로 만들고 심청이로 만들고

생전 가장 질기게 살았던 남영동시장 비좁은 일본식 집

부엌방 뒷 문턱

그 앞에 놓였던 냉수사발

엄마 뭘 위해 그렇게도 두 손 비비고 비비고

또 비비고 무릎 짚고서야 어렵게 허리를 폈을까

오늘 염치도 없이 냉수에 밥 한 숟가락 풀고

다시 절을 올린다

방바닥에 이마를 붙이고

엄마의 젖냄새를 맡아보려 애를 쓴다

손등 위에선 다시 얼굴이 찌그러지고

임종

열 명의 자식
그들 하나씩 키워내며 떼어주었을 살덩이
이제 자신이 마지막 되어 막내아들 앞에 누운
뼈뿐인 육신
열 명의 자식
백만 번은 안았을 두 팔
그것에 한번을 더하기 위해
눈앞 막내를 향해 뻗쳐보려는
오랜 병고의 흔적
저 손마디

출상(出喪)

혈연이라는 소반(小盤) 위에 놓인
붉은 묵은지를
참아내지 못하고
맛나게 집어먹은 죄일 겁니다

멍이 든 가슴이지만
낯을 디밀어
여기에 와 있는 죄일 겁니다

"보고 싶을 거예요, 엄니는?"
물어보지 못했던
어둠처럼 지워놓았던

불에 타버려
가루가 되어버릴 그리움

먼지가 되어서도
떠나지 못하는

멈춰선 발걸음입니다

엄니에게

보름이 된
달이

저를 내려다보며
환~하게 웃었어요

엄니 손이 내 가슴을
토닥이듯
달의 웃음이
나를 따스하게 덮었어요

난 그 따뜻한
달빛을 덮은 채
밤 새~도록
꿈을 꾸었어요

엄니가
큰 숨을 들이쉬듯
제 가슴 안을
가득 채웠어요

꿈

숲길을 걷다가
돌부리에 걸려
엎어졌답니다

흙바닥에 손을 짚은 채
고개 돌려 찾아본
돌부리는

까마귀 주둥이처럼
하늘을 향한 눈빛처럼
뾰족이 빠져나와
있었답니다

돌부리는
저 단단한 마음속에
지워지지 않는
지우지 않을

가보지 못한
다른 세상에 대한

꿈이 있었나 봅니다

부름이 있었나 봅니다